将进食

刘诚龙 著

黄山书社

目 录

叶叶是乡愁

小妹自老家来，带来一塑料袋的茶叶，茶叶乌青，轻卷如索，这怕是老家最好的茶叶了吧。小妹经常是出白菜带些白菜来，收红薯捎些红薯来，而每年必定有的，是茶叶，这些，我却常常辜负了。小妹新年的茶叶送来了，而去年送的茶叶我可能还没有动。前年吧，她送来茶叶，是雨前茶，她替我往柜子里放，却看到上年的茶叶还是原封未动，她的脸色便有点发白，去年她就没送了。今年又送了来，不是春上送的，不是炎夏送的，是在这个由秋转冬的时节，小妹背了一麻袋红薯，兜了一布袋糯米，还有一大包茶叶。我说有茶，用不着送，把茶叶卖了，多少可变个现钱。小妹许久不作声，末了才说：茶叶卖不出去。原先能卖点茶叶给孩子交学费的，这几年越来越不好卖，今年一斤也卖不出去。反正吃不完，就带了些来。

小妹还在摘茶叶挣学费吗？小妹上了七八年学，都是自己挣的学费，读到初二，她到底是不想读书了，对父亲说了狠话："我再也不想摘茶了。"父亲挺高兴的，他虽然不用为小妹出钱读书，但小妹不读书了，这钱自然就凭空多了出来，而且家里也多了个做活的帮手。父亲说："不读就不读，回家扯猪草。"不只小妹，还有两个姐姐，都是自个儿挣学费，她们不是摘茶叶，就是卖冰棒，不是挖蕨根，就是采野果，摘一篮子茶叶，父亲给记在簿子上，抵一角钱。父亲说："这是你的学费。"我是例外，我不去摘茶采果钓青蛙卖，父亲也给我交学费。父亲很重男轻女，我从中获取了种种偏爱，是凭借这种从姐妹们那里移夺过来的偏爱，使我从彼时到如今都较她们生活得好些。

我也曾摘过茶叶。清明前后，一大清早，臂弯里挎只小竹篮，揉着惺松的眼，爬到屋背后的田谷坳，小雨霏霏，湿人衣衫，春寒料峭，冷得人直打寒战，纵使晴明无雨色，入山深处亦沾衣。一个清早下来，篮中茶叶无多，喷嚏却是连连，五指僵硬如木，筷子都夹不牢。我现在常听采茶歌调，歌声轻快，采茶似乎是娱乐。曲者歌者到底不是劳动群众，谁知道采茶非浪漫呢？小妹在采茶叶时碰到过几次青鞭蛇，把她吓怕了，至今见绳还怕。

采茶非浪漫，卖茶不赚钱，每到春末夏初，供销社上村收购，一个阳春下来，全家在茶上的收入不过十几二十块。金银花的价格要高些，我特别爱去摘金银花，金银花香，好看，摘一篮子，手是香的，裤脚上面有蜂有蝶舞翩跹，但满满摘了一篮，到头来，也卖不到几个钱，而金银花一旦泡茶，香味是怎么也闻不出来了。现在，我喝着买来的金银花茶，也啜不出什么味来，甚或有之，也是苦味。乡村里的事情，看上去可以当歌唱当诗写，而其究竟，底蕴都有些苦。

母亲是用菜锅炒茶叶的，菜锅里炒的茶叶并不带油，我家的菜里头难得有油，茶里头哪会有油啊！母亲炒茶，多在半夜里，因为母亲要半夜才有空。她点着煤油灯，烧着柴火，把菜锅涮一下，再把茶叶倒入锅中，青青翠翠的茶叶烙在发红的菜锅里，嗞嗞作响，茶香与热气齐逸，火声与炒声同鸣，万籁俱寂，偶尔有一两声狗吠。在这样的夜里，我常半夜醒来，看到母亲被火光映红了的脸，脸色疲惫而沉静。母亲什么时候都比我能忍，我受点累受点苦，常常要无端发作，而母亲却什么都能承受。母亲不戴手套，她的手上是那些老茧，母亲把手伸进菜锅里揉啊揉，直接在锅里揉，茶叶便容易出汁，也易于成型。母亲曾叫我揉过，我却偷懒，用筷子搅，我的手哪能在火锅上烙？就算捂在热烫的茶叶间，也闷热得无法承受。茶叶那么内敛如条索，也是母亲在火锅里揉的，而终究，母亲揉的茶叶也并不好，卖不上价、卖不出去是常事，老家的茶叶从来没有出名过。生活很多时候没有逻辑，受苦越多，赢得的幸福不一定越多。

母亲把上了等级的茶都卖了，那卖不掉的茶，母亲把它留在竹罐里，这是些老叶子茶，立夏之后摘的，摘下来时茶叶都由青转蓝了，再炒也不敛卷，茶叶有耳朵般阔大，叶把有小竹签粗，这茶苦，还涩，但苦涩也是一种味吧。闻一多先生有诗："我的粮食是一壶苦茶。"一壶苦茶确乎是我家的另一种粮食。我家年年养猪，但除非过年能留下半腿肉，其余的都是卖了的，青黄时节断顿是季节性的，而菜里断油是常年性的。有米无菜也是常事，无菜怎么下饭呢？母亲就烧壶开水，抓一大把茶叶，这成了送饭的汤菜，茶浓茶苦，浓苦也是一种味，比白开水泡饭要好。长年累月，口里淡出鸟来，而苦茶也能激活味蕾。如我，大半时候是有菜下饭的，再怎么的，母亲也会给我在坛子里寻根酸辣椒或萝卜皮来，而父亲母亲却是浓茶当菜汤。但若是生病，医生说不能吃咸辣，母亲给我疗病又疗饥的办法是：泡一壶浓茶和饭吃，小病小恙的，倒也常常一吃就好。

我已出了乡村，喝的茶大都是香茶甜茶，有时也吃苦茶，但苦茶与老家的茶相比是一种很“富贵”的苦，那种粗糙的老叶子茶，只有姐妹们还在喝了。姐妹们的苦，还是那老叶子茶的苦吗？

我泡上了一杯茶，小妹送的。捻一小撮，置于玻璃杯中，冲入沸水，热气蒸腾，敛卷的茶叶在滚烫的开水中打着旋，渐渐舒展，还原成了乡下茶树上茶叶的原型，上浮，又下沉，一叶一叶，如同一缕一缕乡愁，浮上脑际，又沉潜心底，沉潜于心底的岁月往事与乡间情事是一种什么滋味呢？我现在被都市里头各种滋味搅杂了，一口一口抿着乡下老茶，竟然莫辨其味了。

最忆是瓜棚

乡下人家几乎家家都有瓜棚，或在溪沟边，或在田埂下，更多的当然在菜园子里，最有意趣的是在屋前屋后房左房右的空坪隙地，打几个木桩，架几根竹子搭在椽梁或瓦檐上。青瓦木楼是人的屋，竹架木桩是菜的屋，进屋出门见瓜果累累，闻缕缕清香，由春至夏以及秋，打江南走过，跳入你视野迷乱你眼的，除了一块连一块的稻田，一栋连一栋的农舍，便是这一架连一架的瓜棚了。风吹稻花，一浪一浪的只是一片片青白翻覆的禾叶；雨打茅檐，一线一线的只是一串串淅淅沥沥的水珠，这一片片，这一串串，你感到新鲜之后，未免也感到单调，而瓜棚呢？瓜棚很美丽，很灿烂，很丰富，蒙络摇缀，参差披拂，繁花纷披，触须灵动，上面的蜂们蝶们与叶们花们相追相逐，嬉嬉闹闹。无论风中的、雨中的，还是阳光中的瓜棚，总是以姹紫嫣红与千姿百态来怡你神、赏你目、悦你情。

瓜棚是乡亲们的菜市场，自家开的菜市场，自给自足的菜市场。城里要一个社区或几个社区才有一个菜市场，乡村呢，家家户户都有自己的菜市场；城里的菜市场经常打烊，乡村的菜市场从早到夕，从夜到昼都时时开放。夜半归人，肚子饿了，婆娘爬起来往瓜棚下走一趟，几盘菜就端上来了；城里的菜市场有下午菜之说，下午菜枯了萎了蔫了，乡村的菜市场什么时候都是新的、鲜的、脆嫩的。城里建一个菜市场要这手续那手续，乡村的菜市场呢，半个晌午的工夫就建成了，偷懒的，打两个木桩，横几根木条，搭几根竹子，余下的，由菜们自己去编织了；讲究的，精心经营。我家房屋边的瓜棚，母亲建设得很精致，倾注了一腔心血，母亲对农家事物都很倾心，猪栏牛栏羊圈鸡笼，都当家具一般，“那是畜生们的家呢!”而瓜棚呢，母亲说：“那也是菜们的家呢。”

瓜棚的木桩，她叫我那学了木匠的妹夫刨得溜滑，周围让菜们攀缘的木枝儿，也经过挑选，一般精细长短，一般间隔距离，还弹了墨线，对准对角线，棚上的横木用铁丝箍得铁紧。瓜果们再怎么在上面跳荡攀缘，也牢牢靠靠。棚上面还编织了疏疏落落的竹片，整个棚架结实、空灵又十分美观，菜们十分舒服，意态舒展，因此，长起叶来结起果来也就很卖力、很倾情。

瓜棚是乡亲们的菜市场，举凡吃根的吃叶的吃花的吃果的，都齐聚在瓜棚里，特别是那些藤蔓植物，挂挂如念珠的豆角，圆圆如满月的南瓜，条条如棒槌的丝瓜、苦瓜、线瓜，还有扁扁片片如弯眉的菜豆子与娥眉豆，它们都和平共处于瓜棚上，你的触须伸进我的藤边，我的藤蔓缠着你的身杆，你中有我，我中有你。粗看下去，南瓜藤上开着一朵丝瓜花，苦瓜的节疤处结着一只线瓜果；花花果果吊在瓜棚上，伏在瓜棚上，放肆地飞长。南瓜开的是喇叭唢呐花，结的是脚盆大的果；娥眉豆与菜豆子开的是蜜蜂蝴蝶花，花们两瓣张开如薄翅，中间或是一点鹅黄，或是一点粉红，或是一点黑紫，风一吹，像是千只万只蝴蝶舞翩跹；豆角都种在瓜棚的四周，一线线一串串，像是新疆少女头上细细的小辫；黄瓜呢，婴孩的手臂粗细，婴孩的手臂长短，鲜鲜嫩嫩，肉肉乎乎，青青亮亮又光光滑滑，那些瓜棚打在自家屋檐下的，出门进门，就有这些婴孩似的小手冷不防敲着你的额头，碰上你的口唇；最壮硕的是冬瓜，冬瓜喜阴，瓜棚下正是一片阴凉，冬瓜吹气似的长，一个冬瓜长起来，站着像木桶，躺着像罗汉，动辄就是七八十上百斤。

一个瓜棚就是一个丰富的菜市场。乡亲们煮饭炒菜了，菜锅架在灶火上，蔬菜还在瓜棚里，有时从花格子窗里伸出手来，就摘着苦瓜、黄瓜了，稍远一点的，用竹钩子一钩，瓜果们就进了屋，现煮现炒，比城里的不知道新鲜到哪里去了，而且不要钱，自给自足。曾经，我对自给自足的自然经济不以为然，现在，我倒有点羡慕了，自种自吃，多自在。只是这种真而且朴的生活方式日渐遥远，谁能归返？

屋前屋后的瓜棚，其实还是乡亲们的凉亭与后花园。酷暑的夏夜，天地如蒸笼，而棚底下却阴阴凉凉，其下的土地水气盈盈，凉意因此习习。瓜棚下当然有蚊子，但是乡亲们一入傍晚，便从田埂上刈来黄荆子，堆在顺风的巷口，点一把火，然后捂起来，如云如雾的青烟缭绕于瓜棚里，熏它一时半刻，蚊子都被赶尽杀绝了。提一只小小木凳，捎一把靠背竹椅，三三两两的乡亲聚在瓜棚底下纳凉说白话。有月，就凭天上那盏月亮；无月，架线牵过来一盏电灯，桑麻农事，长短家事，天下大事，随兴而侃，漫无边际，暑在这里消，话在这里说，情在这里流淌。

乡里的伢子妹子无茶座可去，无咖啡厅可邀，他们就月上瓜棚架，人约瓜棚下，摘一朵豌豆花，结在长辫子尾，比送玫瑰花更浪漫。大概，乡村里的爷爷奶奶都曾有过瓜棚下的浪漫情事，他们对七月七日鹊桥相会传说的描述带上了浓浓的瓜棚色彩。老一辈都这么说，七夕时节，牛郎织女相会，其喁喁私语，窃窃情话，柳梢下听不到，谷坪里听不到，茶馆咖啡厅更听不到，唯一能听到的是疏影筛月华的瓜棚下。瓜棚下真能听懂牛郎织女的情话吗？我疑心爷爷奶奶这么说，说的是他们自己啊，是他们七夕在那里约会，被别人听到了，他们就神神秘秘地编了个神话，说那是牛郎织女在说话呢。

当然，也许真是牛郎织女在说悄悄话，因为瓜棚架下，不仅是乡亲们生活依凭的土壤，也是乡亲们遐想产生的土壤啊！

鲜艳的姜不叫鲜姜

姜是蛮鲜亮的，绿得发亮，长在对门菜园子里，枝干笔直，叶儿都是绿元素，一溜溜绿，一排排绿，绿接绿，绿连绿，绿成一园子，蓝绸布一样绿。生姜辣，辣椒也辣，辣椒辣，其根不能旱，其果却要阳光暴晒；生姜辣，其根块不能旱，其枝其叶喜阴不喜阳。

生姜要阴凉。我父亲种姜算是能手吧，他剁来一根根指头粗的灌木，插在园子里，扎架，架上铺稻草，阳光渗过稻草，稀稀落落，落在绿绿的生姜叶片上，斑斑驳驳，隔夜的露水，在叶片上荡漾。生姜之绿，便绿油油，生姜之水，便水灵灵。

我父亲将生姜与魔芋隔行种，魔芋也是喜阴不喜阳，同一片瓜棚下，菜们结伴而生。父亲生姜园里，还种有脚板薯，脚板薯却非红薯，挖出根块来，像极了毛茸茸的光脚板，红的，粉，粉腻腻的；白的，甜，甜丝丝的。脚板薯不用扎架，三五根灌木围着插下，藤儿攀缘灌木，自成好大一蔸棚架，可以庇护一盘大竹筛宽的生姜与魔芋，一块菜园种了几蔸脚板薯，便如孵鸡娘一样，庇护着生姜与魔芋。

生姜便是鲜的，或还是艳的。菜园有姜初长成，拔出根块来，细细剥枝叶，那枝底根处，一圈圈嫩朱色，拔出叶，剥出茎，放锅里炒，不辛，不辣，很清，很脆，沙沙，沙沙，嚼起来发蹦脆声响，宛如兔子吃草。生姜是一道作料，姜枝呢，是一碗好蔬菜。

其他人家的院子里都不种姜，就我父亲种。生姜挺难招呼，蛮难侍候。六七月酷暑，清晨要去掀稻草，晒阳光；正午正暑，得去盖棚，遮阴；黄昏时候，要挑水淋。与我母亲比，父亲算是懒汉，他干活儿都是偷懒的。但父亲种姜，却是另一番情景，认真，细致，活儿干得苦，不曾欺骗菜蔬。父亲不欺骗生姜，生姜也不欺骗父亲。收割季节，生姜块茎连块茎，一拔一大蔸，蔸蔸饱满。

父亲生姜种在自留地。自留地是经济学概念，还是政治学概念呢？那时节我不太懂。人家自留地里，种白菜，种辣椒，种茄子、豆角，那是自给自足的小农经济。父亲种生姜，是在搞商品经济，他是要挑着去卖的。我到现在都没弄清我父亲心思（后来准许街头摆摊、村头叫卖，父亲却守着一亩三分地，不种经济作物，单摆弄水稻与麦子了）。我父亲在生产队出工，每隔那么十天半月，要向队长请个假，不是去邵阳挑担油菜种，便是去衡阳弄来白菜秧，半夜出门，不晓得去哪里买卖。我帮我父亲卖过一回，父亲挑担大的，我挑担小的，逆资江而上，一路卖去。父亲大喊："卖油菜种咯，卖白菜种咯，优质好种子呢，是我孩子他舅那拨来的。"叫卖声嘹亮。从资江尾，一路吆喝到资江头，百十里路，我一句话也喊不出来，我父亲却吆喝得起劲。我舅哪里的？顶多算窑弓子（煤矿里的），哪是什么供销社社长？父亲行商，也有点奸噢。

记忆中父亲种的姜，不挑太远，上三里，下三里，顶多挑到金竹山煤矿，也就卖了个光。生姜换来盐，换来油，换来我的学费，换来我姐姐妹妹新年衣服。这种换算，挺划算的。

父亲种姜，累，说来还可以种更经济的。父亲说，这活儿不怕累。想来，这也是父亲抹不去的记忆吧。有时，记忆是非常执拗的，人怎么拗，都拗不过记忆，一有可能，便要回到记忆中去。父亲老是对我吹牛皮。他说他以前，像我那么大时节，便挑姜卖了。去哪卖呢？去益阳卖。益阳啊，我这现属邵阳，邵阳离我家百多里路，沿着资江，挑一担，可以一天抵达。益阳呢？怕是三五百里地吧。父亲说，益阳比邵阳卖得上价，一斤多一毛钱呢。一毛钱，多走几百里？父亲说，钱值钱，脚不值钱。父亲与我伯父，还有他的发小，挑着百多斤生姜，穿着草鞋，扁担一路闪啊闪，闪闪几百里，闪得脚板肿，没闪着腰么？

几百里地，不耗费？草鞋不耗钱，草鞋是稻草编织，几个夜晚就编成了；住宿呢？路上伙食呢？这是我们现代之逻辑，在父亲那里，并没有这些概念。住呢，到处是凉亭，长亭连短亭，入夜了，找个凉亭，往上面一躺，有稻草盖稻草，没稻草，手板捂住肚脐眼，一夜露水沾湿胸脯，不在话下——父亲身子上漆了一层古铜色，那是什么镀成的颜色，是猛火一般的太阳啊！太阳藏在皮肤里，盖在肚皮上，冷什么冷，寒什么寒？

吃也不要钱。父亲兜了好多红薯，炕干的，水煮的，都有。如何下咽？父亲种东西，不吃好东西，好东西都给别人吃，差东西留着自己吃。父亲种的姜呢？当然算好东西吧，卖得上价嘛。父亲卖姜，父亲吃姜，算监守自盗吧。父亲箩筐里，放了瓶罐头，罐头里，装满了姜。那姜啊，鲜艳得很。鲜姜是鲜的，但不鲜艳。父亲的姜不是鲜的，却是鲜艳的，鲜红鲜红的，红得如朝霞如晚霞，红得如篝火如炭火。

姜那么红，那么艳，红艳艳，红彤彤，红得好像那燃烧的火，源自红辣椒腌了小半年的生姜。老家家家都会制作剁辣椒，选最红最红的辣椒，在砧板剁，剁碎，碎成细末，加盐，再把生姜切成片，一片一片又一片，辣椒、盐、生姜，拌匀称，一起放坛子里，坛子边用湿泥巴密封着，坛子边又加一层水，密不透风，东风，西风，北风，南风，都进不去，由着辣椒、盐与生姜在坛子里互相渗透，深度融合。到时揭开坛子，一股香辣气蓬勃而出，香透整个村庄。

剁辣椒生姜，极易入口，入口辣而甜，甜而酥，酥而香，香而脆，脆而韧，嚼起来咔嚓咔嚓响。又加了盐呢，便十分送口，十分佐饭。阁下或是厌食，或是胃口泛酸，满桌佳肴，不想伸箸，怎么办？含一片湖南剁辣椒姜试试？瞬间一碗光饭，咕噜噜送进肚腹间。李时珍《本草》云："早行山间时口含一片姜，不犯雾露清湿之气及山岚不正之邪。"

生姜不是菜。若荤菜是词之长调，蔬菜是词牌中调，那生姜便是词中小令。客人来了，如瓜子如花生，是摆碟子的。我准堂客初来我家，无物招待，母亲便从坛子里夹了一碟剁辣椒生姜，让我准堂客当零食缠口，她吃得满头是汗，一边厢大呼过咸，一边厢大呼过瘾，悄耳附言，叫我向娘讨一碗，带回学校缠口。对了，生姜也可不鲜艳，一片生姜，根底不切，在根头切条条，然后晒干，然后用盐腌，不着水，盐渗透其中，生姜变白色，做碟子摆，比剁辣椒生姜，来得更如菜系中之小令，尤耐舌尖小舔。

而剁辣椒生姜，多半不摆碟子当一道菜。父亲几百里迢迢，去益阳卖生姜，便是一罐头剁辣椒生姜，放箩筐里，早餐中餐，捏着一片红艳艳的姜，撕下一指甲盖大，便嘶嘶嘶嘶，喳喳喳喳，嘴头一片脆响，十分受用，活啖红薯一个。一片姜，足足可以佐一餐饭。你要菜来拌饭，得多少菜呢？一碗菜，拌不了一顿饭，一片姜，足够了。来回千里，父亲不用进一次馆子，一罐子姜便可以哄肚子半个月。我有时问我父亲，再往前走，不就到了武汉三镇么？那里姜价定然更高，或许高五分钱呢？父亲说，是啊，是啊，哎，没去过啊。唉，父亲到底出不了洞庭湖。

父亲喜欢喝点酒，酒量不大，二三两的量吧。每天早晨，天尚没亮，外间灰蒙蒙的，他却要到酒坛子里舀半锡壶酒。父亲那锡壶，不大，上尖下平，中间肥大，再肥大也是盈盈一握，一手可持。何以伴酒？唯有剁辣椒姜。捏一块姜，握一壶酒，便村东踱到村西，稻田踱到菜园，姜酒风流，巡村一番。父亲持酒壶嚼生姜之模样，极是受用。可惜，父亲过世后，他那锡壶，我再也找不到了。想来，那锡壶是做不成社会文物，却可做我传家宝的。

苏东坡官钱塘，偷得浮生半日闲，去游净慈寺。见众中有僧号“聪药王”者，年八十余，颜如仙丹，目光炯然，东坡好奇，问其养生之道，答曰：“服姜四十多年，故不老也。”这怕是个传说。父亲服姜想来不止四十年，七十不到，却患了脑血栓，姜没起效力？父亲患脑血栓后，念念不忘剁辣椒生姜，病后又过了七八年，这是姜起效力？

父亲服姜几十年，到底苍然老矣，病复崩矣。我带妻女年年去给父亲扫墓，但见衰草枯杨，茅草萋萋。莫说父亲托体之山阿，草缠藤蔓，父亲当年巡视之稻田，秕草齐腰；我家对面菜园子，父亲种生姜之福地，也是杂草丛生。稻田与菜园，荒荒凉凉，莫非也是庄稼之坟场？

锅巴滋味

明朝遗民黄周星有怪好，世间万物，有滋味者甚多，他独爱锅巴。黄氏为崇祯进士，官至户部主事，官当得大，山上跑的山珍，海里游的海味，皆当齿颊留香过，他老夫子终日里咂巴咂巴，嘴里嚼着一块锅巴，文章是那么阳春白雪，唇角是那么下里巴人，多让人笑话。大家都笑话他老夫子为锅巴老爹，没承想，黄老夫子欣然应了，作诗曰："莫道锅巴非韵事，锅巴或借老爹传。"口之于味，有同嗜焉。我也爱吃锅巴，原以为此为丑事，羞于示众，读了黄老夫子这诗，遥引为知心，齿颊间有津液歙歙然涌动起来。

清人李光庭专咏锅巴，云："釜作规模水作缘，锅焦炊出像天然。香粳玉碗谁雕琢，善米珍珠自贯穿。酒滴槽床须酝酿，馈从兰若费煎前。何如丹灶柴桑火，顷刻工夫得大还。”我是深得其中趣味。我穿开裆裤那时候，干的是伙夫工作，每日大清早，我娘把我姐我妹喊起，去扯猪草，割茅草，把我老弟喊起，去放牛牧羊，叫我在家里煮饭。灶是柴火灶，熏得墨黑，是黑灶，不是丹灶，米是糙米，还有一股陈气，非玉质新米，这情景与李光庭诗歌意境有点距离，但并不妨碍锅巴成为锅巴。我娘交代我，要会闻气，火莫烧得太久。我娘诲人不倦，谆谆告诫，就是叫我别把饭烧焦了，但不烧焦米饭，哪来的锅巴？我家里粮不多，菜不多，什么都不多，就是柴多，闻到了饭香，我依然是一根根柴棍往灶里猛塞，我娘隔了一条田垄，在菜园子里锄土，大声地喊“饭烧了饭烧了”，我还在塞柴，加一把几把火。

锅巴就这样加工出来了。这锅巴是啥锅巴呢，黑的，一摸外层，是一层灰，焦烧成灰。要白白多费两把米哪，我娘抄起竹扫把抽我屁股。我家竹扫把有好多把，都插放在门板背后，取放极方便，竹扫把不伤筋不动骨，但格外吃肉，抽起屁股来，抽得人做鬼叫。虽然竹扫把抽人，屁股疼痛，但有锅巴吃啊，嘴巴有福享，即使屁股吃苦，也是划算。我那时的宏愿是，只要我嘴巴有福享，天天抽我屁股都可以，是给屁股享福，还是给嘴巴享福？

屁股在心目中的排位，咋能跟嘴巴比，先嘴巴之乐而乐，后屁股之忧而忧。被我娘打了一顿饱的，虽还有一两颗泪珠挂在眼角，而我早已躲在屋檐下，喀嚓喀嚓，吧嗒吧嗒，嚼起了锅巴，粒粒脆啊块块香。

我娘换了我的工种，叫我老弟到家煮饭，叫我去放牛。我老弟老实，他听我娘的话，省着往灶里添柴，烧那么一晌，就去掀锅盖，看水干了没，看饭熟了没，铁锅子煮饭哪能常常掀盖的？掀多了，气跑了，饭就煮不熟，做成夹生饭；或是锅底熟了，顶层是生米；或是左边熟了，右边夹生。我们乡下最忌讳饭煮不熟，早上若是夹生饭，那是忌出行的；我娘还是把我换了回来。我呢，熟能生巧，技术大有长进，懂了：烧锅巴饭，火不能猛，得文火，饭香满村漫溢了，依然细棍碎柴，续烧十分一刻，这样锅巴一定会出味了，粒粒金黄粒粒脆，成板成块好兜藏，又经得起牙齿咬，相当耐嚼。这耐嚼的意味在于：不使我囫囵吞枣，使我嘴巴一直保持有吃的状态。按我娘的说法是："吃咧吃咧，塞得你的嘴洞子。"

我家一般是早餐中餐煮饭，晚上是不煮饭的，蒸红薯，或者是抓把米粉，放几大竹勺子水，和擂米粑，端起碗饱了，放下碗饿了。我狡猾，利用做早餐的工作便利，烧一锅锅巴。后来我烧锅巴水平更高了，能烧到一锅团团圈圈都是锅巴，都是焦黄焦黄的，而不烧黑，自然，这样的好锅巴，个个都爱，我爹也爱。我姐我妹我弟，都跟我抢，他们再抢，我也能抢到最好一块、最大一块。抢到后，割下小块，先嚼为快，然后呢，留块大的，藏起来，一张作业本纸包着，藏在枕头下。藏于枕头下，那是我无师自通，后来看电视，发现很多人都爱把东西藏在枕头下，比如崔莺莺把张生的情诗用手帕包了，藏掖枕席间；专业间谍，也常常把东西藏在枕下。谁知道我枕头下面藏着锅巴呢？几次夜晚，我肚子里咕咕叫，心里老是翻啊翻啊，胃都快翻出来了，我便从枕头下掏出锅巴，碎嚼细嚼，咯噔咯噔咬着响。我老弟睡在另一头，他问："哥，你在干什么，嘴里怎么咯噔咯噔响?"我不应腔，赶紧闭紧嘴唇不作声；过后，又忍不住，又是细嚼碎嚼，我老弟又问，我就答道："我在磨牙。"话一落地，我老弟嘴里也咯噔响了，他是真磨牙了。听到老弟磨牙磨得厉害，我起身往堂屋、往灶屋、往杂屋转了一圈，然后捏了一块锅巴给他，让他磨牙有物，不空磨；我转圈，是为了转移老弟的视线，可以给他锅巴吃，但不可以让他知道我的锅巴藏在何处。

我爹我娘藏东西的水平比我低多了。那回，我爹大约是要去湖北买水牛，我娘给他藏了一块锅巴，到湖北打个来回要三五天，这回是我娘亲自煮饭。“釜作规模水作缘”，制作锅巴，我娘的水平比我高，但我娘藏东西的水平比我孬，她藏糖粒子啊饼干啊，随便藏在哪里我都找得到，这回锅巴就藏在碗柜里，最靠边的角落，我手伸进柜里，一勾手就摸到了，然后转藏到枕头下面去了。我娘寻啊寻啊，怎么也寻不到，我娘从王婶家的石巴坨疑心到李叔家的草巴坨，以为是他俩给弄去了，我爹骂我娘：“别人哪来偷咯，除了家贼还有啥贼？家贼难防咧。”

果然是家贼难防。因为我娘这回闹出声势比较大，放出狠话来，不把偷锅巴的贼挖出来就不放手，搞得我一两个晚上都不敢嚼锅巴，藏掖在枕头下不敢动它。等事情平息了，再看，叫我大吃一惊，我枕头下的展开来有两手掌宽的锅巴，连一根手指头碎块都没了。我几乎把床铺都翻了个遍，也没看到。情急之下，拿了电筒，钻到床底下去寻，四处照，终于在最靠里面的床脚下发现了被咬得鸡零狗碎的锅巴。原来是被住家的老鼠给偷去了，这家贼啊一直居住在我家里。平时我没怎么恨，这回真叫我狠心了，我拿了一把小挖锄，把洞挖了半米深，大老鼠没挖着，挖出了一窝老鼠仔，一气之下，将它们抓住摔死了；处理完老鼠仔后，转过来处理锅巴，那剩下的小块锅巴，我拍了拍灰，嚼着吃了。

现在是难得吃上锅巴了，一呢，我堂客骂我这一饮食之嗜，太不像文化人了，手里拿着一团米饭，穿过一条通讯街，穿过一条食品街，穿过广场，放在嘴里嚼，有失体统啊！搞得我自卑起来，自觉地把当年的最高享受当成低级趣味给改造掉了。二呢，科学技术愈发进步了，过去，我家里买的饭锅，高压锅也好，电饭煲也好，久蒸几分钟，也能够蒸出锅巴来，可以背着堂客，在家里嚼一嚼，回味回味。现在呢，我堂客买了一只不粘锅，这样的饭锅煮饭，它是自动跳闸的，再怎么丹灶柴桑，也是锅焦炊不出锅巴了。

米之饭米之菜

水是全人类的细胞核，米是大江南的基因。有谁不喝水的，有谁喝水有排异反应的？人从水中来，人仗水来活；米于江南人，也有水之质水之能吧，离了米，江南人怎么活？南方种稻，在史前便风吹稻花香，米粒已进入江南人基因序列——北方人是麦，江南人是米，各成各的细胞核，各有各的生命密码与暗号。

米是我舌头密码，米是我肠胃暗号。我弟曾喜欢吃面，我却是见面而舌翻红浪，胃倒白水，饱腹之物，只接受红米饭白米饭。我弟吃面，也只是喜欢而已，一日三餐，顶多能吃一回麦面，吃多了看看，哪个江南人受得住？恰如米，北方人也是不能年年吃，月月吃，天天吃，餐餐吃的吧。

瓜棚是乡亲们的菜市场，自家开的菜市场，自给自足的菜市场。

面于江南人，一天一吃不厌，一日三吃，你看厌不厌？米于江南人，百吃不厌，万吃不厌，从婴儿到老年，吃米饭都是吃不厌的。山珍味好，吃多便厌；海味味佳，多吃便厌；零食也是要吃的，不爱吃的少吃点，爱吃的多吃点，不能如米饭一样餐餐当顿。

江南人吃米饭，不厌；米饭接米饭，烦不烦？烦。水无味，水调和百味；米转饭，米接纳百味，这么说的是，水与米，自身不能出百味；这么说的是，水或可单喝，米得靠百味，米做米，米变饭，一碗端上手，直往喉咙塞，霸蛮往肠胃压，也是不接受不参与不承认不执行的。也曾有过多次，有米下鼎锅，无物下油锅，干盛一碗饭，扯开喉咙，把饭往胃里灌，蛮灌，猛灌，调动洪荒之力灌，都灌不下肚去，最后碗接茶壶口，茶流一线天，往饭里灌溉一汪茶，这才咕咕噜噜，连茶带饭入胃。米能做饭，米不能下饭。

米不能下饭，乃是米能做饭，米不能做菜。你见过米做过什么菜？米粉？米粉貌似红薯粉，到底是饭不是菜，米粉不是菜，顶多是饭之变体；擂米粑也是饭不是菜，擂米粑能单吃，源自里面搅和了芥菜、白菜与水映花（我老家一种花，叶肥厚，开白花），米做了粑，还是饭。

米不能做菜？你太小看父老乡亲的创造力了。米粉肉，米就不是饭，是菜了。把肉切成小块，连肥带瘦，倒入盘中，旁边待着的白白米粉，倾盘而下，与肉搅和，放入蒸笼，热气腾腾，蒸他半晌。米粉本是解油却腻，使肉不油腻了；然则，米粉吸了油，取了肉味，又加有盐分、辣椒与肉桂、五香之精华，自成菜之体系，可与肉相剥离，以米粉佐味米饭了。

你若不曾吃过米粉肉，那这道菜还算差强人意。你还觉得这道菜欠味么？文化需要沉淀才出好文化，味道也要沉淀才出好味道。最出味的，是我老家的“敏麻肉”。“敏”字易解，我老家称“米”为“敏”。“敏麻肉”无甚奇，即米粉肉。当年乡亲常年缺肉，然则四季运行入冬季，家家杀猪过年，杀一头猪，过一个年——这一个年啊，非仅这个年尾，而是指年头到年尾。这一头猪，是要管一年三百六十五天的。肉是容易坏的，怎么办？把汝裁成三节，一节即过年，一节制腊肉，一节做米粉肉。米粉肉无甚奇，“敏麻肉”却出奇味了。将米粉肉撒盐，还放上红辣椒，再放入坛子里，密封，水漫坛沟沿(意思是不让其透气)。糯米甜酒如何出味的？这么出味的；“敏麻肉”如何出味的，也是这么出味的。那肉不说了，肥肉出瘦肉味，瘦肉出米粉味，米粉出肉味——米粉蝶变，出味成肉质啦。米粉也罢，猪肉也罢，经了三月百天坛中修炼，绝不油腻绝有味，有坛子腌出的纯正腌味。

米，不单可做一碗饭，也可顺便做一道菜了吧。米粉肉也罢，“敏麻肉”也罢，米质转菜之质地，都无肠子粑富有想象力。若说米粉肉是想出来的，要除肉之油腻，“敏麻肉”是逼出来的，年尾肉要保存到年头，至少贮存到年中，坛子腌着也是常情——跟坛子腌芥菜萝卜茄子一样着想；而肠子粑呢，许是纯出自好吃懒做吧——错了，不懒做，是好吃。

猪肠禁不起想，却禁得起吃。想起那猪肠子之来处，有些人怕是反胃的，然则品尝猪肠子，却也忍不住食指大动，大快朵颐——要的就是那个味。过年杀猪，吾不能执牛刀，所干活计，一是当烧火小和尚，一是做洗肠小伙计。据说肠子若易洗，三天前便不再喂糠食，要喂一天米汤，也是清肠吧。杀了猪，揩揩手，屠户师傅得意扬扬，专神自我欣赏其将蠢猪变猪肉之作品了，剩下活计，多半老板自己干去。洗肠子貌似脏活，却也好玩，先手动把肠子翻卷半截指头，然后提起来，往肠子里灌六七十度热水，但见肠子由慢到快，自动翻卷，三五几分钟，五十米猪肠，一下子翻了过来。

做肠子粑，猪大肠猪小肠都可，但以猪大肠为佳。米是糯米，粉是细粉，稍稍有点粗，好像也无妨。米粉做肠子粑，讲究的，还先炒炒糯米，一是磨粉容易些，二是味道也正宗些。正宗何意？不好说，此中有真意，欲辨已忘言，兄弟好奇心浓，自己来品嘛。好吧，米粉准备好了。先将肠子洗净，切条，最好是剖开，别成圆筒自然状，此非做香肠，得让猪大肠全展开，两面都黏着米粉。再把肠子切小条，放锅子里先炒炒，炒成半熟，炒出点油，肠子多油，肥猪之肥肠尤其油汩汩，纵使米粉来解油腻，也解不尽嘛。小火炒出些油，油倒入坛子，可储存猪油多擦几回红锅（红锅者，缺油也，缺油炒菜锅便发红）。

不过有另一种做法。肠子粑不是先炒猪大肠，而是先将米粉和粑，放一锅清水烧热，然后将米粉均匀倒入，米粉与热水相激，米粉渐成擂米粑，再将肠子次第投入锅，使劲搅，让粑与肠搅和，再放点盐，油是不用放的；湖南人嘛，自然还有放红辣椒粉的——放全辣椒或切片辣椒的，倒没见过。待米粉由白变褐，加了辣椒粉的，白米粉变红，便起锅，一碗肠子粑美食作品，便宣告完成了，可以端上桌，让美食家们品评了。

少安毋躁，稍慢勿急，性急吃不得热豆腐，性急尤吃不得肠子粑。诸菜热气腾腾上桌，可趁热吃；肠子粑，热气不腾腾，这就烫嘴巴，辣舌头了。米粉粑将热气藏了，彩云易散，肠子粑里热气难散，若是见菜思抢，那烫麻了舌头，可别怪肠子粑不好吃，害了你——肠子粑不害人，是你自害自——见了美食便抢，人品有问题。肠子粑得稍稍冷却，若真个忍不住，那搛着来，夹着凉，先吹吹，再吹吹，再送入唇，送入舌，送入齿颊间，慢慢享用。肠子粑是蛮出味的，粑是五味都蕴含，肠子呢，去了油，去了腻，去了异味，可咀可嚼，嚼出其中筋道。

肠子粑不是不易得，食材太平常嘛；却是不易见，道是平常最奇崛。也算走过大半个中国了，行走他方还真没点过这道菜。纵我所居之城，离我老家仅百十里，也没见过肠子粑，除非寻味而去，寻老家餐馆。

依然茶淘饭

父亲过世后，我把母亲接了来。我忽然觉得，我的家里安了一个乡，在城市里，也许每人都可以安一个家，但感觉不到乡。城市人有家，但没有家乡。乡下的母亲一来，就好像把家乡带过来了。不论是天涯，还是海角，只要有母亲在，什么地方都是家乡。

母亲带来了辣椒、豆角、苞谷，还有坛子菜，当然还有茶，那辣椒里带着老家的阳光，豆角里带着老家的土壤气息，苞谷里带着老家的习习山风，坛子菜里带着的是老家的乡俗味蕾，而茶，带着的是老家清冷的水样情怀。特别是还有那芨芨草一般的方言。

城里人营造山林，是在阳台上摆一个盆景，够了；城里人要营造家乡呢？把母亲请到两室两厅或者三室三厅，也够了。

母亲来时，是苦夏，我每次下班回家，都能喝一杯凉茶，是用家乡的老茶叶泡的，清凉，微香，带点苦味。母亲计算着我快下班了，烧壶开水，先给我把茶泡在那里，等我回家时水已清凉，这是在盛夏；到了冬天，我回家的那一刻，摆在我书桌上的那杯茶，应该是滚烫滚烫的吧。知子莫如母，父母对子女，都是这样知冷知热的。

在办公室吹空调，冷风吹得头皮发紧，一脚踏上街头，阳光如烤炉里的火，好像可以看到那火舌子往脊背上烙。世界真的是个炎凉世界，没有相当强的抵抗力，肯定是会发病的。我的感受力挺强，而抵抗力很弱，所以，很容易感冒。

这种热感冒，人最容易没精神。犯困，四肢乏力，坚毅如虬枝的骨头也好像变成稻草搓成的麻绳，绵软，支撑不起身子；更烦躁的是口没味。腌豆角炒肉，是一味家乡特色菜，闻起来不香，吃起来寡淡；白辣椒煮鱼，那是上了湘菜食谱的，筷子都懒得伸；坛子里的剁辣椒口味重，极易下饭，但重感冒的人应该忌口。

以前在这时候，我堂客要么是束手无策，要么是一个劲地催我去吊水。治病的理想境界，我觉得是让它自然好。感冒什么的，我的经验是，拖一拖，常常就好了，只是人很吃亏。

母亲来了后，她的办法是土方子。把茶煎浓，红茶煎得带黑色，苦，翻倍的苦，哗啦啦倒在饭碗里，叫我喝饭。茶淘饭都是喝饭，像喝茶一样地喝。这是母亲的老法子，我体质不太好，母亲说怀我的时候，没什么东西吃，常常是喝糖精配水当顿饭，所以容易发痧感冒什么的，一发痧一感冒，口就没味，什么都不想吃。人不吃肯定不行。母亲就叫我喝茶淘饭，与那些油腻味重的炒菜比较起来，茶淘饭特别清淡，但与白开水比较起来，它又带着浓苦。科学家说，水是无色无味的，而茶呢，是水，又不是水，茶是有色有味的，可能还有药效。何须魏帝一丸药，且尽卢仝七碗茶。估计苏东坡的身体也不太好，也可能经常感冒吧，而他一感冒，是不是也常常用茶淘饭的方子？想来应该是的。茶是一种药吧，最少可以疗治炎凉世界下的小病恙。

母亲有病没病，常常是茶淘饭。二三十年前，母亲因为无菜佐饭，把茶当菜当佳肴。现在呢，素菜荤菜，虽然不是应有尽有，但想有还是可以有的。母亲在我这里，菜肴每餐都有三四样，她却一星期有一两天，独自一人，像过去一样要弄一碗茶淘饭，不夹菜，也喝得津津有味。母亲是回忆过去有味，还是去病防病的意思呢？

母亲说了一句很有哲理的话："无味才有味，少味才多味。"喝白开水之后去吃糖，糖就格外甜，喝了一罐蜂蜜再来吃西瓜，再好的西瓜也寡淡如木屑。菜拌饭，有味，有些还是浓味，可是天天吃，会觉得一点味道都没有。茶是少味或是淡味的，茶淘饭当然也是少味或是淡味的，要想味道浓郁，那么先品味清淡吧。要让菜拌饭有味起来，那么先茶淘一下饭吧。

所以，如果口没味的时候，我常喝茶淘饭；如果觉得心没味的时候，我就直接去喝茶。

母亲的味道

胃离心最近，儿离娘最近。

江南离洛阳数千里，远吗？远。然则，娘离儿最近，胃离心最近。

后汉那阵子天空晦暗，洛阳牢里地板潮湿。陆续被关监房，黑手高悬霸主鞭，烙铁拶指加皮鞭。陆续是条硬汉子，各种刑罚受遍，血飞溅，不哭天。囹圄之中不见天日，生杀予夺，操于狱吏之手。狱吏之嚣张跋扈，西汉开国大将周勃体会至深："吾尝将百万军，然安知狱吏之贵乎。"陆续受尽折磨与拷打，他不哭，他就不哭，他硬不哭。

陆续还是哭了，稀里哗啦地哭了。狱吏给他送来一碗饭，饭上摆放了几片肉、几片葱，陆续突然间眼泪哗啦啦，大雨落屋檐，白泪滔天。“续对食悲泣，不能自胜”，怎么回事，怎么回事啊？“使者怪而问其故”。母亲自江南，千里迢迢来京都了，身在狱中之儿郎，“母来不得相见”，自然悲从中来，不可遏止，“故泣耳”。谁谁谁，从狱外通消息入狱内？“使者大怒，以为门卒通传意气，召将案之”。

并没有谁通传意气，是那碗饭传递了其中消息。不对，是那碗饭上陈列着的美食，那是母亲的味道，“因食饷羹，识母所自调和，故知来耳，非人告也”。如湘菜鲁菜粤菜大师，每制一盘佳肴，碟边注明大厨甲乙么？不是，不用注明谁谁谁，母亲做的美食，还要注名字吗？“使者问，何以知母所作乎？”那是母亲特有的、独有的、绝无仅有的味道。

陆续母亲的味道是，“母常截肉，未尝不方，断葱以寸为度，是以知之”。你到过江南么？你到过湖南么？除夕那夜年缸肉，切方如麻将牌，又比麻将牌大一倍，陆续母亲给儿子做的辣椒炒肉，都是过年吃的年缸肉吧？独具母亲特味的是，陆母切葱，那葱都齐崭崭一寸长，那添油加盐，那一盘菜，左右翻，上下炒，是十五次，还是十六次？都刻印着母亲的特征吧。

我母亲炒制的家常菜肴，也有她的味道。家常之常，最是豆腐吧。居家饮食，谁不曾制作过豆腐？“日市豆腐数个，色人呼豆腐为小宰羔”。小时候，上餐白菜，下餐萝卜，上餐下餐，不是白菜萝卜，便是萝卜白菜。也有那么一回啊，母亲要到三五里外的小集市，买一两块豆腐回来，素可作荤，豆腐当猪羊肉，吃上一餐豆腐，算是打牙祭呢。

母亲炒制豆腐，整顿衣裳起敛容，神态严谨竟至庄严。老家堂屋有灶，火灶居堂屋中央。进了城，我再也看不到火灶居如此中心位置，灶已在偏房了。老家灶，居堂屋最中央，客厅最中心的位置。灶之上，四四方方，端端正正，摆着炕桌，炕桌横交错竖，四面皆空，平时护灶，饭时当桌。

母亲煮萝卜白菜，甚是轻率，胡乱翻炒，水当油放，蔬菜丢锅里，左右开弓，三下五除二，加一半勺水，起锅，大功告成。买了一两块豆腐归来，状态则大不同：洗手，搓掌，说不定还系围裙，锅架灶上，母亲屈尊，蹲身，一板一眼，或还拿小板凳坐起。三十年过去了，许多形象早已忘记，而母亲蹲伏灶间，文火煎水豆腐之优雅姿态（印象中，母亲多风风火火，未曾雅致过），如在目前。

母亲身伏炕桌，头倾灶上，摊开一只巴掌，巴掌上置豆腐块，另一只手操刀，截之，“未尝不方”，都是小方块，概如作业本厚薄，切一块，小心轻放于锅中；先自中央始，次第相挨，直至黑锅中一色白。说母亲煮蔬菜很轻率，一个印象是，母亲把水当油放；说母亲煎豆腐很庄严，那是见到母亲把油当水放。所谓油当水放，那是我夸张之言，不足采信。我堂客煮白菜，炒羊肉，端起油壶，汪洋倾泻；我母亲纵使煎豆腐，算最耗油的吧，也是用盐勺子舀，一滴一滴，小雨落屋檐，油滴锅不穿。

母亲煎豆腐，神情专注，一双筷子，紧握手中，见得豆腐边角泛黄，将其夹起，翻面，从锅中央挪至边缘，接着将周边豆腐移至锅中心。油煎豆腐，嗞嗞作响，那声音是童年第一妙音。母亲在灶间全神贯注，我坐板凳上，勾头，头也伸进炕桌尺许，舌头在嘴内转圈圈，时出唇边，车子雨刷也似的扫，将涎水扫回唇内。母亲所煎豆腐，最出味的，是两面黄。这是我堂客做不了的。我堂客也煎豆腐，只煎一面黄，另一面依然白色。我多次问她，何不搞两面黄？堂客说，不合食品安全，也没有营养。一块豆腐哪来食品安全？营养云云，何胜味道？只讲营养，不讲味道，美食岂出境界？

母亲煎的豆腐，两面黄，两面脆，两面都是黄点突起，有如突触，却从不焦。母亲放下诸般活计，一次煎豆腐，耗费母亲小半天工夫，全身心投此间，哪会焦呢？不焦，出脆，直接拈一块上来，也是上火的。待块块豆腐都两面黄而脆，母亲掺一勺水，顿时火脆转绵柔，母亲又加葱，与陆续母亲不一样的是，我母亲加葱，葱不曾“以寸为度”，而是一锅全盖，全煮。南方之葱，好香好香的，煎豆腐加葱，不减陆续母亲那“截肉炒寸葱”之味，或还胜之。

母亲煎菜，还出味的，是煎冬瓜。我堂客也曾学我母亲做这两样菜，到底不行。冬瓜纯蔬菜，母亲亦能做出荤味来，其法也是煎。一块冬瓜，切方，以寸为度，不斜不扁，不大不小，方厚如麻将。再在方寸的冬瓜上切缝，深至中心。然后，油做水放，放入锅里，再将方寸冬瓜，置锅中煎熬。这回不两面煎啦，只煎外面，也煎得泛黄。冬瓜肉厚，油盐难进，切了缝后，油盐深入冬瓜里面，因此而有鸡肉鱼肉之小宰羔滋味了。蔬菜出肉味，那是我母亲的拿手好戏，那是我母亲的美食功夫，那是我母亲的美食味道。

还有一道菜，也是蔬菜，也出味，是坛子里的豆角，我是最爱吃的。豆角切成寸长，晒干，腌坛，坛边全是黄泥巴。待秋至，待冬来，待来年春回，开坛，抓一把几把，以青辣椒红辣椒炒，味道奇佳。那不是我母亲的味道，是我大姐的味道。母亲也腌豆角，总是不那么精致。

母亲腌制的豆角，含水分多，发潮；坛内豆角若发潮，味道便泛酸，自是孕妇之最爱，可谁天天怀孕啊？我母亲腌的豆角，不如我大姐腌的豆角来得正宗。

美食者，怕也是如著文章。食材如题材，炒法如写法。放油盐如措辞，加作料如布局，一样事物，不同排列组合，此作家来写，与彼作家来写，格局气象，或如霄壤。什么是母亲的味道？什么是大姐的味道？什么是我堂客的味道？什么是烂作家烂厨师与什么是好作家好厨师的味道？味出舌间，香留齿间，反刍胃间，美食或文章，总以情感之归属、精神之向度，印刻心间。

稻花鱼

昨晚与堂客争起来了，她说毛花鱼蛮好吃，我说打死我也不再吃毛花鱼。不是口味不同不相与谋，而是生活有异门牙难对。货郎几乎天天打我家门口过，我父亲买其他东西都不积极，听说卖毛花鱼的来了，手里拿着骨牌的，啪地丢了，非得来称半斤八两。毛花鱼好吃？鬼。是毛花鱼便宜，好拌饭；又可显得家里过富贵生活——鸡鱼肉是富家标配哪。一两毛花鱼，角把两角钱，可吃三餐，算起来几分钱一顿。我家五六个兄弟姊妹加我娘加我父亲，几分钱就能打发一餐，那是我父亲最喜欢的。

我老家称毛花鱼，想来该是刨花鱼才对。还记得刨花么？木匠师傅用刨子刨木板，薄薄的木花飞溅，木花薄，薄如一纸。那毛花鱼也薄，没一点肉，薄如一张纸，枉称鱼。毛花鱼跟刨花是一样一样的，薄，带黄，让人恼火的是，吃起来还像嚼木片似的，将其叫刨花鱼，神喻。我堂客家条件好些，她父亲偶尔也买刨花鱼，调味嘛。她家买得多的是无脑壳鱼（把脑壳剁掉了的鱼），肉紧，肉厚，如半块豆腐。我家也吃过，半年轮一回，本来鱼味道就好，更因一年吃不了一两餐，自然觉得好吃得要命。

好吃吗？再好吃也没有稻花鱼好味道。后来吃鱼无数，草鱼、鲢鱼、鲤鱼、桂花鱼，还有不像鱼的鲍鱼，都吃过，却没在味蕾上储存深刻记忆；若说鱼好吃，唯有稻花鱼。我所谓的稻花鱼，就鱼的种类而言，或是鲫鱼，或是草鱼，多半是鲤鱼。

名稻花鱼者，是我老家那里，乱喊乱称呼乱起名么？说来也不是。春天来了，插早秧了，鱼种师傅挑着鱼水，到处卖。我老家称鱼水，非鱼与水，乃鱼也，鱼仔也。鱼仔细如米粒，老花肉眼瞧去，未必见到鱼，多半单见到水，便称鱼水了。往鱼种师傅挑的脚盆里，饭碗舀一碗，便算毛把两毛钱。一碗里，会有多少鱼仔呢？两三百，怕是有的。

我父亲买毛花鱼那时节，形象蛮丑陋，我嫌死他了；他买鱼水时分，却是蛮带爱相了。父亲一掏钱，我顿时觉得父亲好大方，不用父亲喊，我抱着脸盆，从井里舀了大半盆水，把鱼水倒入盆里，屁颠屁颠往四角丘跑，往牛角田跑。这块田里，倒一半；那块田里，倒一半。水田里，禾苗刚插没几日，水渐清，却也还有点浑。我倒鱼仔时，专拣清水地带，无他，我只是想看看鱼仔悠悠然然地游进水田深处。

无甚奇处，说白了，就是稻田养鱼。后来才晓得，鱼苗与禾苗共成长，其中是有科学道理的：禾稻为鱼遮阴，提供腐殖质；小鱼为禾稻提供肥料。

稻吃着鱼肥，鱼吃着稻花吧？我父亲喜欢养稻花鱼，怕是除了好吃外，不用人管护了。塘里养鱼还要天天去打草呢，弄得不好，一条一条鱼，莫名其妙地肚子翻过来，翻白肚了，会把人急疯。稻花鱼，只管当甩手掌柜，除非是缺水了；缺水了，水稻也要管呀。禾苗转青了，禾苗抽穗了，禾苗扬花了，每隔一段时间去看鱼仔，看着它们在长大，穿衣针大，挖耳勺大，筷子根大，若到稻花时节，一日看几回哪。

稻花扬花吐穗时节，是最难熬的，旧粮已不在囤里，新粮还在田里；菜呢，也是这样，干菜，腊味，渐渐没了；春蔬，夏菜，生在园子里没长成。有稻花鱼生长在水田里，怎么不一日看三回？

稻花鱼出水，便在双抢时节，饿得太慌了，顶多提前半个月吧。稻花鱼已长成两三指宽了，肥，尽是肉。稻田里鱼食不多得很？小动物，如小飞虫小飞蛾，飞落水里，便是鱼之美食；小植物，如水生草稻之叶，还有稻谷扬花时节，风一吹，稻花扑簌簌落，都是鱼之美餐。

若把稻花鱼捉出来，清水洗了，直接放油锅，那是八戒吃人参果了。稻花鱼出水时分，众乡亲已不缺吃的了，茄子辣子四季豆，园里挂满了，柜里装满了，还欠什么菜吃？吃新鲜稻花鱼也有，嗜的是那鲜味；更多的呢，是用油炸一下，炸得两面黄；再有呢，是放在蒸笼里，蒸笼下面垫些稻草，上面盖些稻草，蒸笼底下，搁些锯木灰，慢慢烤，等水气烤干就成了。

我所说的最好吃的稻花鱼，便是这样的，两三指宽，烤得稍稍黄，干干的。稻花鱼肉质紧实，相当有咬劲；肉质又是那么细腻，加上熏烤的那股香气，若没吃过，那气杀你的舌头；加青辣椒炒，行走村东头，都能嗅到村西头婶娘家的稻花鱼香。

没算过，不晓得有多少年没吃过稻花鱼了。父亲过世都快十年了——不知道春耕后几天，挑着鱼担卖鱼水的老汉，还走村过庄，吆喝着“卖鱼水，卖鱼水喔”不？清明时节回家，看很多稻田都荒草萋萋，不种稻了，哪来稻花鱼？扫墓归城，无端想起稻花鱼，一度思卿一怅然。

合　菜

我老家坪上的合菜概念，非您望文生义解得。一般合菜即菜之集合嘛，豆角南瓜一锅煮，羊肉狗肉香菜萝卜再加猪血牛血一锅烩，自然，这般炒菜都是集合概念，却非我老家的合菜。

我老家湘中那一带，合菜专是白菜红薯粉集成，顶多加点黄花菜，食材是简简单单的。白菜不多得很？一块块土，一圃圃园，都种了的，一簇簇，一园园，茂盛得很；红薯算是农家贱物，十月后，丰收的红薯，堆满地窖，堆满墙脚，堆满碓屋，床铺底下都齐齐码放。红薯救命，红薯坏胃，当年吃红薯，都吃得反胃，早餐蒸红薯，中餐红薯米饭，晚餐还是煮红薯，红薯吃得天昏地暗，吃得天旋地转，如今再把红薯说得天花乱坠，我胃里还是翻天覆地。

红薯片例外（红薯切条，火烤，那是百吃不厌的零食美味），红薯粉也例外。白菜加红薯粉，如土豆加牛肉，不易有。东家嫁女西家娶媳妇，刘婶七十古来稀（六十花甲，还没取得寿酒资格），刘伯红砖高堂成，或要做回酒，众亲邻都凑份子，三五角钱，或一升米，齐齐贺喜。如今回想起来，当年贺喜或叫真贺喜，没谁将做酒当生意经营吧，是当集体聚会，集体开餐，一个庄整个院，庄稼人都来打牙祭，丰盛隆重，如过节过年。

时维腊月，序属三春，宴会若在冬春季，合菜是必上的。记忆中，好像是酒过三巡，菜过五味，便安排上合菜了。合菜色调清新，配合简单，不油不腻，亦菜亦饭。宽肠如八戒，吃了碗合菜，自还可以去腹装甑蒸饭；肚子略窄的，吸溜溜吃了一碗合菜，有足够力气上园挖一丘土上山打一担柴。

我老家有扎白菜的习惯，待白菜初长成，便有稻草结绳，将叶尖扎拢，不让其对外开放，白菜叶便格外白。若是不扎，白菜叶四散开去生长，叶不白，是青的，味道之差，不以道里计。若白菜经了霜降，经了雪藏，尤脆，尤甜。白雪白，白菜白，尤忆起我那白发老娘，白雪地里扯白菜，那情景真是动人。以白如雪的白菜来做合菜，其滋味清绝。

合菜之味，关乎白菜食料，更关乎红薯粉。好像十多年了吧，可能还不止，怕有三十多年了。反正呢，我出来工作后，就没见父老们做过红薯粉。那是一种有兴味的农家活。秋末冬初，红薯都从地里收了回来，用只齐腰深的黄桶搓洗红薯，一遍遍搓，一遍遍洗，搓干净，洗清爽。将洗尽的红薯，一股脑投进机器，红薯便全成了渣渣，再用细纱布将红薯渣渣包了，吊起，滤浆，红薯汁液便汩汩流，如屋檐水流。红薯汁液是很多的，流流流，流不出了，再扎紧纱布，挤，挤，挤，务必将汁液挤干净。

流不出的是渣渣（红薯无废渣，喂猪是好料），流出来的是精华。精华都放在缸子装了，缸子满了，便揉，揉，揉，越揉越韧，越韧越揉；揉得如面团了，便抓一把放勺子里，这勺子多孔，孔可过手指，一勺粉团抓进了勺，便用手拍拍拍，拍得啪啪啪响，粉团便顺孔下流；下面是一口锅，锅里是翻滚的水，粉团变粉条，粉条下了热水锅，便由白转褐，麻线一般，不断纤。粗粉与细粉，存乎拍勺人，勺子提高点，粉条隔开水锅距离远些，便是细粉；勺子压低点，粉条隔开水锅近些，便是粗粉。粗粉细粉，都如毛线一样，牵连不断，绵绵不绝。

自然，这是红薯粉初长成，余下还有一道工序，便是晒了。开水焯后，初成型，再捞出，一溜溜地挂竹竿上晒。您若见过晒面条，也就知道晒粉条的壮观景象。大大的晒谷坪上，或是秋收晾冬后的田野里，齐刷刷地晒满粉条，其情景多呈现童年美梦。晒干了，我常钻进粉条阵里，偷一把来，放到灶火边，如烤羊肉串。靠近余火（正火太猛，一下便焦煳），细细烤，烤得红薯粉噼啪啪响，红薯粉便爆开了，如爆米花似的，褐色全白，只要不烤焦，味道妙极。

多年没吃过红薯粉了，米粉倒是常常去吃。我家对面有家店，米粉好吃，甚有嚼味，吃一碗米粉好像是嚼牛筋似的，牙齿与筷子死劲扯，如拔河一般扯，米粉好筋道。后来有兄弟告诉我，那般有牛筋一样味道的米粉，是放了很多明矾的。贼没良心，米粉店老板的良心怕是被狗吃了吧。我老家红薯粉老道老筋的，嗦入口里，要咬着牙齿，才能咬断的。这般筋道，哪掺了半点化学药品？

红薯粉说来贱，做来也不麻烦，不过，一担红薯怕是做不了几斤红薯粉的。当年红薯多，做红薯粉不是卖，而是自家吃，家家户户都做，逢年过节，做碗合菜，以白菜之清绝配粉条之筋道，实实是好味。如今回乡去，也没见谁做红薯粉了。

当年我娘每去婶婶伯伯家筵席，回来时必用作业本给我包一块肉来。合菜好吃，但娘是不包的，家里有啊。现在肉是不用包了，想让我娘从乡里给我弄一包红薯粉来，我娘说，没有了。想吃一碗合菜，不易得了。

年缸肉

“三十夜里的砧板”，这是敝地一句俗谚，后面接的句子是“借不到”。与这谚语相配套的，还有一句：“三十夜里的井”。三十夜里的砧板，家家在忙，天皇老子来，也不借；三十夜里的井，又是何意？敝地过年有一俗，到现在我不曾弄清楚其来历与含义：初一那天，是不去井里挑水的。一二百户人家，五六百号男女，都烹茶烧水，都杀猪宰羊，哪样活计离得开水？大年初一，不能挑水，故在三十晚上，水桶碰水桶，人接人，背井离乡的，都归乡挑井，照着火把打着电筒，挑到半夜方始休。美不美家乡水，亲不亲故乡人，大家挑井过大年，闹热。故而，“三十夜里的井”，后面也有三字句：“闹腾腾”。

三十夜里的砧板，三十夜里的井，还有呢？还有三十夜里的年缸肉。这三样，非风马牛不相干，而是正相关的。三十夜里的砧板，干吗？剁年缸肉；三十夜里的井，干吗？挑水煮年缸肉。父亲是甩手掌柜，外头干了点事回来，抱着一把锡壶，晃荡着半壶酒，手里头还捏着萝卜皮，逛东家，逛西家，一日还没逛遍小院子。到了三十夜里，父亲却勤奋起来了，转砧板，挥砍刀，烧柴火，架大锅，忙得不亦乐乎。

我跟我小孩说古，说当年年夜饭如何如何，她有点不屑也难掩神往：莫非山珍海味，满汉全席？想来，那些年的年夜饭并不丰盛，十八碗八十碗是没有的，有之，是一肉，一鱼，一鸡，一面，一碗合菜。标志性的菜，便是年缸肉，还加一缸鱼。

是的，是的。湖南除夕夜，装菜器皿论缸，不论碗，更不论碟。缸大如坛，坛大可一抱。年缸肉搬来，往桌子上一摆，立中央位置，虎视何雄哉，如菜之王者。年缸肉定下年夜饭基调后，余菜次第上，都紧密地团结在年缸肉周围。待肉上桌，我父亲便先祭神祭祖。礼毕，父亲一举箸，众人哗啦啦，筷子如快板响，年夜饭便这样在喜庆中开锣了。

“娘子勿笑”，一年到头，吃过几回肉？如今这一大缸肉摆在目前，“酒行数巡，宋江口滑，把拳裸袖，点点指指，把出梁山泊手段来”。什么是梁山泊手段？大碗喝酒大块吃肉是也。我们对幸福生活的最大想象与期盼是：父母在，兄弟聚，姐妹团圆，一张炕桌团团坐，然后大碗喝酒大块吃肉——年缸肉的一大奇处，便是大块。一块多大？四四方方，鼓鼓壮壮，比砖头不会大，比拳头不会小，搛一块到碗里来，一只碗便差不多塞满了。我堂客初到我家过年，我娘给她搛了一块，她望我而问：“从哪下嘴？”

年缸肉好吃，不肥，也没有什么肥的，肥肉大都切去，皮没切割，皮上带肥肉，皮下是精肉——不过，会吃肉的，必须带肥肉，全是精肉如嚼粉粉的木头，只有加煮肥肉，才细腻又润滑。年缸肉细腻，还带甜味呢（没放糖，湖南菜几无放糖的），自然之甜。不辣？不辣。年缸肉，几无作料，有之，一点盐而已，起锅前，加点葱而已。不加作料，单是清水猛煮慢煮。家乡水甜哪，三十夜里，挑来井水，鲜水煮鲜肉，水甜与肉甜，甜加甜，甜叠加，自然甜啊——就让其自然甜。年缸肉是不放辣椒的，这或是湖南绝无仅有的一道菜吧。

我娘喂猪，一年喂两头，一头年中宰了，全卖给屠户，我们顶多喝口猪血。另一头，便是喂到过年，要煮年缸肉的。我娘喂猪好像不蛮在行，喂个年猪，还是乙等猪仔（好像猪重量达一百斤以上，供销社定甲等；九十多斤，定乙等）。也怪不得我娘，猪吃的是草（贡献出来的是肉），估计红薯都没吃过（都让我吃了），怎么长呢？我家年猪，还要卖两脚肉（我的学费、衣帽费全出于此）。另两脚肉，一脚做腊肉；一脚，恐怕就全做了这年缸肉吧。

年夜饭吃年缸肉，都使出梁山泊手段来，却也吃不完。是一缸呀，胃口再大，也吃不了。年缸肉也就留着。初一崽初二郎（女婿）。初二郎巴公来拜年了，须以年缸肉招待，才显得客气。我没娶堂客前，我姐夫来拜年，年缸肉都是端出来的。姐夫嘴大，食肠宽大，干活厉害，一顿吃去，要见缸底。我娘先前高兴，后来不高兴了。有一年初二，我姐夫来拜年，我娘没拿出年缸肉来。我姐夫发气，当天回家，整一年，没到我家来过。年缸肉这菜，其年节意义好重大的。要不，您试一试，郎巴公来拜年，不拿出年缸肉来，看闹不闹出一个人情事故来。

年缸肉，是过年标配。除夕吃了，初一崽吃了，初二郎巴公吃了，之后就不吃了，收到柜子里头，同时收起的，还有一盆白辣椒煮鱼。怕我这个贼牯子偷肉，我娘还上一把锁。我娘多虑了，过年了，谁还欠一口肉？我姐夫发气走的那回，我娘把年缸肉与白辣椒煮鱼，放我房里收起，意思是放机会叫我跟我堂客去偷嚼。

不啦，不缺这一口啦。我守这缸肉如守卫一处宝藏，直守到正月十五——不是这次，不是我家，我们那里都是这样，年缸肉与年缸鱼，都要留到元宵节的。开春了，天气热了，不晓得何故，年缸肉一点也不馊，味道还是那么鲜、那么淳、那么甜。

好久没在老家过年了，不晓得老家乡亲还煮年缸肉吗？我这里也曾煮过年缸肉，但煮不出那味来。年还是年年过，岁月是不能回着过了。

酸酒水

江西定南那地头，据说有一道名菜，叫酸酒鸭。酸酒鸭之鸭自是鸭，酸酒鸭之酒却不是酒，而是米醋。酸酒水是米醋水？不是，酸酒是酒。酸酒古已有之，冯梦龙《笑林广记》记有《酸酒》："一酒家招牌上写：酒每斤八厘，醋每斤一分。两人入店沽酒，而酒甚酸。一人咂舌攒眉曰：'如何有此酸酒，莫不是把醋错拿了来？'友人忙捏其腿曰：'呆子快莫做声，你看牌子上写着醋比酒更贵着哩！'"

湘地酸酒水，确非"把醋错拿了来"。有一句话说得极对：钱是不会走错路——贵醋哪会走进贱酒里来？酸酒水是酒，是米酒，是糯米酒。糯米蒸熟，匀撒一层饼药（饼药是我老家一种叫辣辣的做的。辣辣，蓼科植物，湘地水边田边皆生)，倾到坛子里，密封（懒些的，拿几张报纸盖住了事；勤劳精致的，坛盖上捂一层黄泥巴)，封他三五个月，掀开，满屋子酒香随风飘出窗。

那是吾乡的甜糟酒，甜糟酒喷香，清甜，粒粒糯米清晰清爽，变身做了酒，依然为米粒，挖一勺，放砂罐里，开水熬开，糯米粒粒浮，浮出水面的，有，一层；浮在水腰的，有，一层层——上好的糯米酒，被水煎开，粒粒糯米能浮在开水的任意一层。酒水略显黄，米粒还泛白，“酒甜哪……”做了糯米酒的嫂子，逢人便吹，“酒甜哪……”尾字拖得老长老长。嗯，确乎甜，甜蜜蜜的，甜爽爽的，我老家就叫甜糟酒。

酸酒水，不是甜糟酒，而出自甜糟酒。甜糟酒要密封，不让风进，不让气出，才甜得沁脾，只是哪能够？勺子去舀甜糟酒，回数多了，气跑出坛外来了，风进得坛里来了，甜糟酒水色渐变了，变浑了；甜糟酒气味渐变了，变酸了。

这就是酸酒水了。

酸酒水是酒吗？酸酒水是不太上桌的。甜糟酒上桌，姑来了，姨来了，便去坛子里挖两勺，倾在砂罐里，煎开，佳酿待嘉宾。酸酒水不上待客之道。我父亲说，酸酒水是打口干的。七月流火，您要打乡亲家门口过，喊声嫂子，讨口茶喝。您喊甜嫂子，嫂子便甜，嫂子就讲客气，舀勺酸酒水给你当茶喝。酸酒水，不会酸掉你牙，微微酸，微微甜，甜里带酸，酸里带甜，解渴是绝好。

酸酒水，在我父亲那里是酒。有人曾发微信与我，说是菜的营养全落在汤里，那么，米的营养析出，全落在酒里？如今青黄不接这词语，已然从生活里废除了，冬天都有新鲜的茄子、辣子了，冬里接了春，青涩自然接了黄熟。当年，青却隔了老长日子，接不上黄，三四月间，陈粮没了，新谷还在禾苗里没抽穗，哪来米下锅？早餐蒸红薯，中餐红薯米饭（红薯切方丁，与米同煮），晚餐是煮红薯。红薯也吃光了，没得了，父亲就去三五十里外一个叫小南山的去挑，一挑一百斤，七八口人，吃不了一星期。父亲挖土担炭归来，掀开锅，锅里红薯不多，便走到碓屋里那石缸子边舀大碗水，再走到床底下那坛子边舀一勺酸酒水，搅和，咕噜噜喝了，转身去挖麦土，出猪栏，扛一把锄头，攒了劲，去挖地球了——如要做酸酒水广告，我要推举我父亲去代言。广告词我都给拟好了：喝了酸酒水，干农活力气全都有。

酸酒水是酒，是例外。除我父亲外，好像没谁将其当酒。酒是粮食，酸酒水是粮食吗？我父亲练出了特异功能，喝一碗酸酒水，可以当两三碗饭。我伯父是最禁得起

最好吃的稻花鱼，是放在蒸笼里，蒸笼下面垫些稻草，上面盖些稻草，蒸笼底下，搁些锯木灰，慢慢烤。

饿的，他都做不到。伯父只把酸酒水当水，打口干，不能把酸酒水当酒，饱肚腹。我们村里人，老的少的，男的女的，壮的瘦的，叔叔，伯伯，公公（爷爷），哥哥，嫂嫂，婶婶，姑姑，婆婆，都把酸酒水当解渴水，不当饱腹粮。

队里出工，诸事都不足怀想，有件事却蛮有味。队里出工，上午出到十点到十一点，下午出到四点到五点，中间都要歇一干（一阵子），每次都是半小时模样。歇，不单是放下锄头，放下扁担，放下打谷机，还有酸酒水喝呢。这事情我干得多，我挑担水桶（我没水桶高），挑得打趔趄，也要挑——我也出工了，我也记工分的，大人十分工，我是二分工。二分工跟十分工一样干（我六七岁，夹在两个十分工的大汉里，踩打谷机），觉得亏，其实也曾占过便宜：快到队长吹哨子，要歇干了，队长先叫我去挑水，水是泉水，高山岭石缝里流出来的，清，甜，冷冽。那水好。我奶奶将要落气，别的什么都没说，记着的是那石缝细流，叫我父亲去打一壶给她喝，喝了，脚一蹬，去了，蛮满足的样子。我父亲最享受的时刻，是挑三十里煤炭回来，脚打崴，腰发软，不想动了，不就近舀井水，要就远，叫我跑两三里路，舀泉水给他配酸酒水喝。此泉水配酸酒水，那是至味。父老出队里工，歇干那会，指定是要此水与酸酒水相配的，这事队长多半派我去。我担一担水回来，队长嫂子放药一样，放一勺酸酒水，再用竹勺在里头打转转。然后大家一个一个来，舀酸酒水喝，可真甜哪，可真出味哪！

酸酒水三字，中间酒字，我老家不读第三声，读第四声。甜糟酒，酒字倒是读第三声的。有什么区别呢？读第三声，那是名词，酒；读第四声，那是形容词，醉啦。吾乡的醉，不读醉，读酒字去声。酸酒水醉人吗？不醉人。酸酒水是甜糟酒之零余，说来也就剩点酒味了，还醉什么人？酸酒水不是酒，是水，是碳水饮料。对，是饮料。

那何以又读第四声呢？您不晓得，队里出工，父老拽耙扶锄，挑粪插禾，踩打谷机，都是大力气活，那活您三五分钟都受不了，父老们一气要干一两个小时的，中间歇了，还有酸酒水喝，那是人间第一美味呀！那片刻的欢愉与幸福，真是醉人。

南瓜藤

父亲种南瓜，架势老大。一园菜畦，父亲砍来五根树桩，东打一桩，南打一桩，西打一桩，北打一桩，砰砰砰，菜畦中间打一桩，再纵一木，横一竹，纵贯线与横贯线，交织又交错，对立又对仗。父亲还不算虚张声势的，对门安伯，架起了水泥柱子呢，百米瓜棚，建这么牢固，打造乡里乡亲一场不散的筵席。

南瓜长势威猛，铜钱一片大的，栽了下去，嗖嗖嗖嗖地长，十天半月，如青鞭蛇一样蜿蜒，嗖嗖嗖嗖地爬桩。又十天半月，一畦菜园，蒙络摇缀，参差披拂，翠幔成盖。我家老屋旁边有块空地，伯父勤劳，挥汗如雨，开发成园，木桩竹架，都种线藤蔬菜，苦瓜啦，线瓜啦，冬瓜啦，自然，南瓜是主角。藤蔓交错，茵茵如盖，夏秋夜里，搬竹凳，坐竹椅，伏竹桌，躺竹床，躲在里头，可消溽暑，可度中秋。摇着蒲葵扇，忍不住就喃喃，凉哪，凉哪——夏日炎炎，你躲冰箱里，乡亲们躲“青箱里”。

春夏南瓜花，蛮好吃的。露从春夏白，乡村每个早晨，都是湿漉漉的。父亲有个习惯，晨起，一手持锡壶，一手持萝卜，往稻田里转转，往菜园里看看。父亲必到的，便是他的南瓜园，他要摘些花下来。南瓜花，喇叭样，细腻，嫩，厚实，文火炒，绵软，糯，滑舌。南瓜是要间隔摘下花的，花多了，不长果，将枝丫间开着的花摘掉，南瓜便长得箩筐大。

红薯饭，南瓜汤，农家生活也可以当歌唱。南瓜汤，那得是老南瓜。老南瓜好吃，嫩南瓜也好吃。我喜欢吃嫩南瓜，结在瓜蔓上，貌似死了的、不长了的南瓜，味道尤其好，嫩南瓜里头南瓜籽都没，整个一个实球，营养没分散，都在南瓜里。将其切丝，与青辣椒一起炒，脆，甜，嚼起来沙沙响，那是老南瓜不曾有的口味——老南瓜只能煮，不能炒，老南瓜若炒，都成粉了，不成型，炒也不能出味。

炒，最能出味的，还有南瓜藤。南瓜藤也能吃？有朋自远方来，南瓜藤乎。我堂客小炒了一盘南瓜藤，以待贵宾，这家伙少见多怪，眼睛瞪得铜铃大，惊呼，草素子一般的南瓜藤，也可以炒着吃的？这厮有所不知，苦瓜藤不能炒，白瓜藤不能炒，冬瓜藤不能炒，西瓜、香瓜藤不能炒，南瓜藤清炒，是一盘解胃佳肴。

这厮一声惊讶，无端让我遐想起了先人，是谁最先炒了一盘南瓜藤呢？想必，有那么一些愁苦日子，乡亲们树皮都剥着吃了，哪样瓜果藤蔓不吃呢？苦瓜、白瓜、丝瓜，连根都挖来，和水煮，连锅炒。其他都是吐，吐，吐，吐出苦胆水，独有南瓜藤，炒着吃，如嚼甜蔗，如食甘饴，口耳相传，便这样传到今天。

苦日子里，一点甜头便如一罐蜂蜜，这怕是乡亲们生活的盼头吧，有这盼头，哪样子的日子都能过起来，过下去。这么说着，好像南瓜藤蛮难咽似的，不是这意思呢，我说的是，乡亲们有本事，吃苦吃苦再吃苦，他们能从苦中寻出美味来。神农尝百草，尝出佳茗来；先人嚼百藤，嚼出南瓜藤来，是一个意思。

南瓜藤真是一道好菜蔬，取材简单，炒法简单，不过也要一副好手指，南瓜藤有层老皮，得给剥去，手指头剥多了，手指甲都给剥掉去了。南瓜藤适合切丁，切成黄豆长、黄豆短便可，不必放什么作料，就加青辣椒吧，顶多再放点蒜——最好莫放，什么都莫放，就加辣椒，一样是青，另一样还是青，青青南瓜藤，小火炒是小炒，大火也是小炒，锅铲不用多铲，就那么六七八番，翻炒，一盘南瓜藤大功告成，可以“小块朵颐”。

南瓜藤吃起来是那么清脆，其间还有可能有不曾剥干净的皮，咬不烂，嚼不碎，无妨，直送喉咙，吞下吧。南瓜藤口味在嚼，价值在藤，藤包括皮，那是纤维哪。中医云，南瓜藤可以通经络、利血脉、滋肾水、治肝风，平肝和胃，调经理气。常常感觉有东西郁积心肠，整日不能下火，吃了一盘纤维素交织的南瓜藤，通了，上通下通，都通了——骄傲无比的现代人，肝火旺，戾气大，多吃青辣椒炒南瓜藤，抚平君之肝火，理疗公之郁气。

父亲这么大阵势种植南瓜，并不浪费。一根南瓜藤，蜿蜒盘绕，可覆小半个菜畦，东栽一蔸，西栽一蔸，南北方加中间栽一蔸，菜园全都覆盖了，南瓜结得老大，一个箩筐大，没有大架子，是承不起的。一块客厅大的菜园子，摆碟盘也似，接二连三，相吊一个个大南瓜，一春吃不完，一夏吃不完。夏至秋，母亲常担一担箩筐去，一担箩筐顶多担四五个南瓜回来，摆在碓屋里，塞到床底下，举到碗柜顶，环屋皆南瓜也，炕桌间堆得尤满。老家炕桌，四四方方，几根木条搭架，里头全是空的，秋入冬，不生炭火生柴火，炭火灶空起来，堆的都是南瓜。南瓜禁得起收，愈收愈老，愈老愈红，愈红愈粉，愈粉愈甜。老南瓜煮汤，不送饭，可当饭，极易送口。

要说的，还有南瓜子。青春年少，与谁都爱死磕；如今与谁都不磕，只爱嗑南瓜子。知子莫如母，母亲把南瓜子从南瓜里挖出来，晒干爽，待我回家，放砂罐子炒，清香，嘣脆，缠口，有事没事嗑几粒，松鼠一般，那便是我的“鼠辈”生活。当年，我在乡村学校当师爷，离家不远，三五里地吧，回家次数并不多。每次回家，母亲便给我炒南瓜子，粒粒壮，喷喷香，左袋子右袋子，裤袋子衣袋子，一锅南瓜子，一把给兜了，回到学校嗑个把星期。

能嗑个把星期，那是什么概念？其概念是，我十天半月不回家，我母亲便怪怨满怀，怎搞不回来？不回家，也有南瓜子嗑，忘了回家。后来，也不晓得从哪回开始，母亲给我炒一锅南瓜子，我抓一把，顶多两把，兜往学校。瓜子那么少，只可偷半日闲。半日过去，嘴里头寡淡寡淡的，齿颊间空空落落的，便下午去散步，一散三五里，往家的方向。散步到家，兜一把南瓜子便走。

父亲过世多年，菜园子不再瓜棚如盖、草木繁茂了。母亲现在住了城里，与我所居也有两三里。南瓜子是没了，母亲常常称斤把葵瓜子，鼓鼓囊囊一大包，见我去，就往我衣袋装。我推拒，只抓一两把。余下瓜子，今天留母亲这吧。明天散步，不自觉地，我脚步会往这里走。

南瓜麦子粑

勾起我欲望的不是味蕾，而是视网膜。几只老南瓜，黄皮葫芦状，蜷伏在厨房间，岁月恍然奔来眼底。南瓜如今也变样了，是葫芦状，当年南瓜是脸盆样，入秋渐老，转青后转黄，我娘摘下，让南瓜们盘踞炕桌里，层层叠叠，起宝塔也似，堆得顶炕桌板，可吃到次年插新禾。一见南瓜心头恨意生，南瓜填肚子，填，填，填，何处是尽头？

视网膜里，输入南瓜关键词，从岁月深处摆渡出南瓜麦子粑来。这些南瓜，是深秋后，我堂客去小妹家要来的。小妹说她南瓜吃不了，全做了猪食，怪可惜的。堂客就要了好几个，丢在厨间角落，南瓜害羞也似，身子蜷蜷的。见了南瓜的怪模样，忽然与岁月通感了，不假思索，脱口喊堂客："做回南瓜麦子粑，晚上吃一回。"

我堂客也回忆起来了。她说她吃过，是我娘做的。她吃的是现成的；我吃得多，却不曾做过，一见南瓜麦子粑，我心便揪，便拧，拧得起疙瘩，哪想过要自己做着吃？我堂客本也是出身农村，家境却比我好，南瓜麦子粑，大概是吃得少的。她只记得我娘煮过，她没弄过，却一口应承下来，说买来麦粉就做一回。

我叫我堂客向我娘去取经，问问作料、火候、手法什么的，堂客说不用，她依稀记得。堂客去了超市，买了一袋麦粉，不曾培训，直接上岗。家常美食胆大就够，不用学技。堂客将南瓜切条条块块，半块豆腐大，倒入锅里，一锅煮；再找了一只海碗，舀了几勺麦粉，倒了一杯清水，一双筷子搅。什么都没放，就是清水搅麦粉，搅，搅，搅，搅得黏黏糊糊。

什么手法都没有，就是搅那么一阵子，搅得稠了，恰好锅里南瓜也快熟了，我堂客就用筷子夹面糊糊，夹一块便丢一块进锅，麦子粑的形状便是筷子夹面糊糊落锅之状态，一夹一块，一块一夹，与南瓜同煮，与开水同泡。待面糊糊里外变了色，熟了，起锅了。

南瓜麦子粑，就这么简单？湖南菜多半重口味，盐放得多不说，辣椒啥的，都是一篮子一篮子地往锅里放的，这南瓜麦子粑，这么简单？一勺油，一勺盐，一样南瓜，一样粑，顶多还有一锅开水吧。饺子简单，饺子里面还有馅呢。南瓜麦子粑，单这么五个一，就好了？

说来也不惊讶。我母亲做南瓜麦子粑，当年立意就在于哄肚子，若是有一把土，能将我娘之崽之女那肚子填满，不再整天咕咕叫，我疑心我娘真会天天抓泥巴坨，往我们肚里塞（说来还真塞过，我姐说我娘给她塞过观音土）。我娘蛮会哄人肚子，红薯切成方丁，一碗一碗往锅里倒，再抓一把小米（我印象中，抓米时，我娘那手势不是捧姿，而是五指捏，再往上提，还抖了抖），红薯丁与小米同煮，美其名曰红薯米饭。

我娘还会煮擂米粑，一升米煮饭，煮得粒粒见形状，七八口人，一餐就风卷残云，吃个精光；一升米磨成粉，煮擂米粑，可以吃两天。架一口大锅，放一脸盆水，再倒三五调羹米饭，搅，搅，搅，擂米粑有一脸盆大，粑里加白菜叶，加菠菜叶，我娘美其名曰给我们改善生活。这是哄人的。一餐吃下去，一股尿，就悉数出了肚。擂米粑，一餐吃，可；二餐吃，可；一日三餐，两日六餐，十日三十餐，都这么吃，还可不可？不是可，是呕了——打个嗝，酸臭气从胃里往上喷，莫说别人，就自个鼻子都喷得带酸臭。

我娘（自然包括我老家姑姑婶婶）做南瓜麦子粑，也就越简单越好——恨不得南瓜不用，麦粉更不用，一锅开水灌满肚子了事——烧什么开水啊，还要柴火呢，从屋背后架竹管，泉水通窗子，再通嘴巴，就行。我疑心我娘真这么想过。阿弥陀佛，千百年来，这么欺骗肚子的事，是行不通的。我娘未曾这么行过，她天天出工，出工后去种南瓜，挣工分，挣来一把麦子粉；种南瓜，种来一坑南瓜菜，给我们做麦子粑。味道胜擂米粑多多。

我堂客做的南瓜麦子粑，我舀碗看来，嘿，蛮像回事。白白麦子粑，黄黄南瓜块；粑是滑滑腻腻，瓜是甜甜粉粉；南瓜做了菜，麦粉做了饭——菜饭一锅端，什么都省了，深得我娘饮食之真传。

近些年来，未曾鲜花着锦，倒是烈火烹油，大鱼大肉，大方大块，饭倒是一小碟，菜却是那么丰，一碗挨一碗，若在外面吃，尤其是碗叠碗，肉连肉。盐不重，油重；味精不多，作料多多，口味重得不得了，吃得人不长高，倒“三高”。很久不曾吃过这般清水美食了，今天再重温，味道真个好。若不是我正在降“三高”，真想一碗一碗又一碗，吃个痛快。

不过吃了后，感觉又有点不一样。南瓜倒有当年甜，麦粉好像没当年糙了，没那么筋道了。是如今麦粉也是精制的？精食吃多了，想的就是吃原汁原样的粗粮糙饭。我对堂客说，味是近乎童年味，可又不是童年那个味。我堂客堵我嘴：“你还想那个味啊，童年你还回得去吗?”

童年回不去了吗？我跟堂客说了，过天我们回老家，去吃回正宗的南瓜麦子粑，不为别的，就想试试，童年是不是可以回得去。

萝卜皮

冬瓜是菜蔬中的长调，冬瓜伏在瓜棚，如胖孩儿蜷了睡，站在炕桌里，桌板都顶成斜面；南瓜便是中调了，小的是手鼓，大的也有脚盆大；萝卜是小令，生萝卜在手，盈盈一握，入口，沙沙沙沙，几个音节，没了，二师兄吃人参果似的。与一帮朋友，曾去南山牧场，高寒山区，那里萝卜蛮著名的，大腿粗，白兔白，体量介乎中调下、小令上，一口咬下去，清凌凌的水啊，冰棒冷，溅水花，若过上慢生活，含英咀华，生萝卜能吃出梨子味来。

鄙乡有个长寿村，居深山更深处，叫清水村，小天气里邀朋引伴乡村游，见着了一丘丘萝卜。先说一下小天气吧。阳光暴烈是大天气，阴阴柔柔是小天气；大雪纷飞是大天气，温温煦煦是小天气。大天气里，天为大，只有天的世界，不见人；小天气里，人为大，天也在外面晾着，更见人在外面窜。我们三五成群，山头乱窜，窜到萝卜地里。这些家伙，豪强无量，蟊贼无胆，望着一丘萝卜，眼里飞得火出，没人下丘。我是野惯了的，跳脚入丘，弯了腰，拔起萝卜来。朋友大喊："来了，来了，来了个老大娘。"我没听得，大娘听见了："没事呢，没事呢，扯个萝卜吃，没事的呢。"

一干人寻了一条小溪，泉水叮咚，溪水潺潺，置萝卜其中，先搓洗，后清洗，拔出来，便往口里塞，平平仄仄，嘈嘈切切，完了。山那边打猪草的小芳，银铃般的音符，突然飙起，侧耳去听，是小令。吃萝卜的小令是："琼瑶一片，嚼如冷雪，齿鸣未已，从热俱平。"不说萝卜色白，齿鸣两字，最得萝卜之神韵，沙沙，吱吱，平平，仄仄，齿颊如不留香，齿间留声机轻声慢放，倒带放着小令之音。

且把填肚子的，叫饭，论饭，无如红薯；且把哄舌头的，叫菜，论菜，无如萝卜。非说味道绝，是说花样繁。白米能做出多少花样来？红薯变变变，气象万千，煮可，蒸可，烤可，切成片，变薯条，挤出粉，变粉丝。萝卜也是，拔出萝卜洗掉泥，生吃，便是水果；切成片，炒干鱼仔；切成丝，清炒可，合炒青辣椒红辣椒也可；或切都不切，和煮筒子骨……都甚是入口入舌，甚是润喉润肠。熟食甘似芋，生嚼脆如梨。

萝卜出味，味在出水，一口咬下去，射水筒也似，射起细水来，水是经过萝卜肉质涵养的，纯，清，因山间地头之土之故，还冷。“嚼如冷雪，齿鸣未已”，形容真是贴切。出水的萝卜，脆脆出味，脱水的萝卜呢？韧韧出味。

萝卜晒干，一刀下去，一分为二，保留萝卜蒂，顺蒂切条条，铺在晒谷坪上，晒谷竹簟上，暴晒两个阳光，水气干了，收回。屋东头打个桩，屋西头打个桩，搓几条稻草绳子，横过去，直过来，再将萝卜一排排一线线挂绳子上，百十米萝卜摆长阵势，如春来南方燕子排阵电线杆，如秋收北方玉米垂挂屋檐。

晒干的萝卜扎起来，置于柜子里，柜子干燥，不用放除湿剂啥的，来年萝卜皮依然干扑扑的。自然也可置坛子里，效果一样。开春，开夏，又开秋，又至秋来九月八，色不变，质不变。切成萝卜丁，与腊肉同炒，脆脆生萝卜变韧韧萝卜丁，咬下去嘈嘈切切响，与牙齿较劲，生出干牛肉嚼味来，佐饭是极好的。

萝卜可生吃，可熟炒，更可腌制。也是晒干了的萝卜条，刚晒，是快板形制，晒干，成手指头，不切丁，切去蒂，条是条，不成把。自然，也有不晒干的，直接切成快板状，置玻璃瓶，从酸坛子里，舀一壶酸秧水，倒入玻璃瓶中。酸坛子里本来浸着老姜嫩姜，还浸了红辣椒白辣椒，与萝卜同浸，色泽白的白，红的红，从玻璃瓶里瞧去，舌便生津，眼便生酸，心便软了，脚走不动了，坐下吧，且夹一根出来，酸酸甜甜，其味无穷。

这也是腌制物，算浅腌吧。深度加工，还是要放坛子里。老家过去十余里，有石泉肖家，是明清还是元末学会烧窑制坛子的？不知道。只知道家家制罐子制坛子，户户制鼎锅制砂罐，上十里下十里，到处挑着卖，谁家都买。坛坛罐罐，价格不高，利润不低，老家有说法是，卖砂罐子，烂一半还赚一半。肖家院子，曾经挨家挨户都是砂罐老板，现在仅剩一两家了。

坛子腌萝卜条，极好。也是加红辣椒，加老头姜，深秋入坛，深冬可出坛，萝卜染着了红辣椒的红，鲜红鲜红；萝卜染着了老头姜的辣，老辣老辣；萝卜本质未改，脆韧脆韧；酸，脆，辣，辛，一块萝卜皮，变了百味品，摆碟子的。摆碟子的，非大餐，乃小令。客来，两三人，四方坐，一边呱啦乱扯淡，一边吸溜瘪嘴喝，偶尔，伸箸搛萝卜皮，沙拉沙拉的。很多个深冬夜晚，父亲与父老，就是这样消受雪夜里的小令时光。

老家三里外，有所百年老校，高三那会，也是不许学生回家的。偶尔与学长们闲聚，聊及当年的生活：带菜。一个星期回家一次，天天都是学校食堂，没有免费的午餐，早餐也不免费，晚餐更不免费，到学校搭伙，块把钱一星期——单是蒸饭钱，菜是自己带的，带什么菜？萝卜皮，萝卜条。萝卜浸了盐，足够咸，吃得咸，拌得饭；还好，咸之外，有辣，有酸，微微还有点甜，又硬，又韧，可以吃出荤味来，可当腊肉，当牛肉。就是当年反胃——龙肉，天天吃，餐餐吃，也厌食了。我还好，我没读高中，读初中只在三五里外，只用带中餐，带的也是三四块萝卜皮，舔舔，拌一口饭；嚼嚼，送一碗饭。脸，面黄肌瘦；舌，五味生津。

我是真吃不得萝卜皮了，身有恙，恙小，烦死人，洋医生土医生，素来弄不到一块去，这回却是合谋我也似，严禁我吃坛子菜。腌肉不行，腌鸡不行，腌鱼不行，腌制萝卜皮也不行。姐自故乡来，妹自老家来，总要带坛子菜来啊，腌豆角酸，炒青辣椒，比肉送饭多了，也是进不得口。好吧，那是大餐，萝卜皮是小令啊，缠口小零食，堂客也是管得紧。管他呢，先吃再说。待堂客上班去，蹑手蹑脚，从坛子里夹一块萝卜皮，打坐电脑旁，日子过得沙沙响。不经意地哼唱着，自个侧耳听，竟是一首家乡小调。

芋头娘

晨起看芋，古谓大言，《说文》曰："大叶，实根，骇人，故谓之芋也。"看到芋头伞大的叶，失声尖叫："真大呀!"徐锴便是这么释芋的，"芋，犹言吁，吁，惊辞也，故曰骇人"。荷擎雨盖，芋张伞柄，炎暑起晨，我却见芋是清言，清凌凌芋叶，铺陈开去，绿莹莹微卷，中间几颗露珠，珍珠也似，漾动，滚动，跳动，朝霞照过来，含清气，蕴光色，如我等吃红薯长大的乡巴佬小子，也感觉好意思居田田芋叶中。

这个好意思，后来才晓得有同义词，叫诗意，可惜我非诗人，诗意偶有，诗言一句也无。这情景，林黛玉若遇，怕是持了花露水瓶子，玉手纤纤，收集芋叶清露去了。我姐是刘姥姥角色，当年也有林妹妹心性，还真井边洗净黑墨水瓶，大清早，天地澄澈，我娘叫她在家里烧火做饭，我姐争说她去打猪草，打猪草是真，也是假借，她要去收取芋叶清露。芋叶窝成筲斗状，我姐将芋叶末端一撬，清露咕咕噜噜，全进了墨水瓶。我姐非饮风吸露，墨水瓶里，她还掺了什么，我就不晓得，但见夜半西窗，她买了一支毛笔，蘸露往脸上擦。

我家老屋居小高台，望远处，不见碧水悠悠，但见青山叠叠，一垄田，一脉山；一脉山，一垄田，山一脉，水一脉，田一脉，稻一色，芋一色，天一色，山脉与田垄交错，植物与天地交互，江南都是如此摆山摆水、显形显色的格局吧。江南这般格局叫冲。我老家叫铁炉冲，隔壁村叫石道冲，上头叫盐闹冲，冲里多是一垄垄田。

田埂是分田的，田埂也是联田的。芋头多种田埂上。田里挖小渠，小渠两脚宽，渠里水潺潺，渠上芋排排。芋头便是这样植在田中。芋头不是田里主角，田里主角是稻谷，风吹过，稻花飘香，阔大得骇人的芋叶也随风展，土里土气的乡村，也便有了诗情画意的浪漫。

芋头叶下，我曾是自然界的小蟊贼。持一个破脸盆，卷一扎烂稻草，下到田埂水渠中，将那卷稻草横渠之上，意在挡浊水——泥鳅会趁浑水跑掉的。然后双手如铲，铲泥巴，一轮一轮地铲，泥鳅被铲出来，捉上来，投之脸盆中。这活儿，笨。会捉泥鳅的，不是这么干的，腰带上系罐子，一丘丘田，走过去，见着手指头小洞，手指旋进去，泥鳅夹上来。我到底也没学会这本事，便只能用这个死办法。这个活计，盛夏正午最是合适。赤日炎炎似火烧哪，不怕，脚下踩着的是渠水，头上遮着的是芋叶。

芋头真非田间主角，父老是没把种芋头当大活干的。禾秧插下去，事儿蛮多，要踩田，要施肥，要打药，要灌水，要捉虫子。芋头种下去，父老好像什么活都不用干，春种一粒粟，秋收一担芋，春种秋收之间，一个盛夏，貌似没谁曾为芋头流过什么汗。芋头好思想，思想好，让父老捡现成生活。

芋头土，芋头也雅，本是农家山珍水味，却也能入文人生活。东坡先生蛮懂芋头妙趣，“当去皮，湿纸包，煨之火，过熟，乃热啖之，则松而腻，乃能益气充饥”。烤芋头的味道，松而腻，粉而糯，鸡蛋大的烤芋头也如荔枝吧？一样色白，不一样韵味。东坡先生这个吃法有点雅，不曾试过，我老家吃法与之别样。煨之火，是一样的，哪“当去皮”？连皮煨，也不曾湿纸包，连皮带芋，投诸柴火灶，过熟，棍棍扒出来，拍拍灰，手指扒拉扒拉，芋头皮便褪下来了。明朝有屠公，作芋头诗，写的正是煨芋：“大者如盎小如球，地炉文火煨悠悠。须臾清香户外幽，剖之忽然眉破愁。玉脂如肪粉且柔，芋魁芋魁满载瓯。”

芋头能如红薯煨之火，煨红薯与煨芋头，味道难分伯仲，都香，都软，还都粉且柔。若煮起来呢，那便衣分三色、食分五等了。煮红薯吃不得，见煮红薯而旋走者，不知凡几，见煮芋头而蚁聚者，云集响应。东坡是大吃货，有其父必有其子，其子苏过，研究出一味煮芋头：“过子忽出新意，以山芋作玉糁羹，色香味皆奇绝。天上酥陀则不可知，人间决无此味也。”煮红薯，再煮也煮不出好味来，煮芋头可以。

这或是芋头另外一样心性，与物随和，和气生味。清朝李渔，论吃货不输东坡。许是他没遇到好芋头，他说芋头如白开水，和物出滋味，“煮芋不可无物伴之，盖芋之本身无味，借他物以成其味者也”。芋头没味？人多感觉芋头香、粉、滑、腻。所谓芋头本无味，或是芋头不霸道，不充头，心性淡然，与他物处，谦让，柔和，融洽，低调，不抢功，善解他意焉。我乡有两道芋头菜，一道是扣肉芋头。扣肉是爱出头的，其味浓郁得很，油气兴冲冲，芋头与之伴，不压扣肉味，只帮扣肉解腻。另一道菜是盐菜，盐菜腌制入坛，坛味深浓，芋头置上，盐菜搁下，文火慢蒸，芋头去了盐菜的酸气与野气，盐菜变得醇正多矣。

“玉脂如肪粉且柔，芋魁芋魁满载瓯。”这里说的芋头，我老家叫芋头崽，小，鸡蛋大，适合煨，当零食；适合煮，当饭食。当菜蔬，可不是芋头崽，而是芋头娘。芋头娘大，电视上，我见过广西荔浦芋头娘，大如足球篮球，我老家芋头娘没那么大，饭碗大的样子。父亲曾讲古，讲两兄弟八月中秋去挖芋头，哥哥挥锄，弟弟捡篮，哥哥挖得起劲，忽然挖出了一个大的芋头来：“吁，好大，直滚啊！”父亲说到这里，惊叫起来，芋头不是芋头，是他弟弟脑壳头。

哥哥挖芋头，挖了弟弟脑壳头？如今想，此非血腥，而是形容，芋头大，芋头圆，芋头毛茸茸，像极了小把戏的芋头脑壳。父亲说古，也是许慎解字，“芋，犹言吁，吁，惊辞也，故曰骇人”。挖芋头挖了脑壳，骇死人嘛。父亲是老农民，随物赋形没水平，父亲素来只会种植庄稼，几乎不会形容庄稼——此处罕见形容，便骇人。农村人见惯生死，骇人的芋头，以骇人故事描摹，父亲是不骇的——许慎倒是骇住了。

煨芋头，或东坡所谓煮芋头，说的多半是芋头崽，挖出一蔸芋头来，芋头崽吊落花生也似，吊璎珞也似，一串串的，一个个的，一蔸好多好多。芋头崽小，鸡蛋大，顶多鸭蛋大，毛茸茸，剥开来，白白嫩嫩，滑腻如凝，玉脂如肪。芋头娘呢，非如此。芋头娘是我老家叫法，学名叫母芋，科学说法是：植株基部形成短缩茎，逐渐累积养分肥大成肉质球茎，称之母芋。母芋色泽深，剥开其皮，麻子多，色泽褐，不粉，柴火煨，清水煮，不出味，或还有点涩。芋头娘，适合切片，与扣肉与盐菜同蒸；适合切丝，加点辣椒，加点姜，加点葱蒜，不煮，不蒸，要炒，大火炒，其味不粉，倒是有三分筋道；其味是蔬，转而有三分荤味来，跟吃肉一样。

别处的芋头，有无遍地种植？我老家好像是种得好玩，极少一丘丘田规模化种植，而是在田埂边上种一排，八九月间，收获一半箩一簸箕，够了，不求卖，或还不指望芋头度日。陆游谓芋头："陆生昼卧腹便便，叹息何时食万钱？莫诮蹲鸱少风味，赖渠撑拄过凶年。"说的是要靠芋头来度灾荒年头。芋头有此过凶年功用？我老家种稻多，种薯多，种芋不多。

种芋，不求饱腹，但求尝味。这状态好。求饱食的生活，都是坏生活；求零食的生活，多是好生活。父老喜欢芋头娘，到得其时，与稻谷同下种，便是心存念想，让芋头娘生出许多芋头崽，生出好生活来。

擂米粑

举凡粑，好像都是类于缠口的零碎美食，都是乡亲在劳作之余、空闲之际制作的糕点，为的是换个口味，享受生活的美好滋味。比如炸糯米粑，就是把糯米磨粉，拍成细细的饼状，放到油锅里炸得两面黄两面脆，口没味了，吃上一口。糍粑承载了更多的文化内涵，比如拜年，布袋里要揣上糍粑。讨了堂客的第一年，岳母家的所有亲戚都要走一圈，那糍粑要用箩筐一担一担地担去，糍粑年俗浓郁，但依然改不了那粑的休闲性质。擂米粑是粑，但在我的印象中，不是零食，而是主食，是要填饱肚子的，填饱肚子之后还要去砍柴扯草、锄麦挖土。

吃上一碗擂米粑，你必须担半天百二十斤的担子，或者抡锄头锄完三五分菜园土。在我小时候，这小小的一碗粑，在我父亲母亲的驱策下，必须供应如此大的能量，但是这碗粑本身哪里富含这么大的能量呢？只能从我们兄弟姐妹身上输出，天天这么输出，我们因此骨瘦如柴。我们也就使劲吃擂米粑，但一者锅里无多，再怎么刮锅子，只能刮得铁皮响；二者呢，擂米粑下肚，肚子立竿见影就胀起来了。母亲传承了老祖宗的丰富经验，又在实践中摸索了更多的饱肚方法。母亲所费东西不多，但有本事让你顷刻就饱，比如母亲用爆米花煮饭，一把米，可以爆出一筛盘的米花来，往开水中一倒，又开了许多花，就那么一把米，母亲可以让我们六七个兄弟姐妹每人吃上五六碗，吃上这么多碗，不干更多的活，怎么对得起人？但当时吃得饱饱的，到屋背后撒一泡尿，肚子里就撒了个干干净净，好像气球放了气。母亲这个花样玩得少，更多的是先把饭煮熟一次，然后呢，又放几勺水，再进行“深加工”，那一粒粒米无限膨胀，把铁锅撑得老大，也把我们的肠胃填得爆满。

这煮了又煮的米饭，还存在一个问题，那就是还要菜来下饭，菜从何来？母亲因此喜欢搅和擂米粑，擂米粑不太需要菜。我家有一个大石磨，放在碓屋里，随时等待人来磨，母亲每到晚上，大家都睡了，她一个人照着煤油灯，或者就着月光，在碓屋角落里推磨，倒一升米，推啊推，推到鸡叫第一遍，推出一米筛米粉来，这一米筛米粉大概能够吃上两天。所谓擂米粑，就是这么擂成米粉搅和而成的粑。这米粉抓一两把放到锅里，再舀一大勺水，用一双筷子使劲搅和，就能够整出满锅沿的一大锅粑来。你想啊，爆米花一爆就那么膨胀，但它依然保持米形，那煮一次又煮一次的米饭，也同样有着米状，这都说明它们没有完全散开。擂成了米粉的米呢？可以说，每一个米细胞都能够吸饱水分，得以充分舒展，那米自然得到了极限的放大，你也就知道，擂米粑是如何占锅的，是如何充气球似的充肚子的。

母亲没有进过学堂，她没有学过物理，她的知识是在生活中学来的，是外婆或者我的奶奶手把手教出来的，或者竟是无师自通的。而且一箭双雕的是，母亲在擂米粑里加芥菜加荠菜加干豆角，另外加些油盐，连炒菜都不用了，都省了。我记得吃得最多的是叫作水芥菜的擂米粑，那水芥菜长在水田里或者水塘边，叶片很肥，上面生有茸茸的毛，淡淡的白色，有一股甜味，把它与擂米粑和在一起，黏黏稠稠，看上去油油腻腻，上面好像漂浮着一层清朗的油来。现在我们看得很油腻，但那时几乎难得一见的就是油，你不望之而吞津，口未动而唾液先至？老实说，如果你是第一次吃，肯定会大声叫：“好吃好吃真好吃。”

但吃得多了呢？小时候，我是吃出了嫩草的味道。

农历的三月阳春，草长莺飞，带着家人到郊外踏青，又看到了水芥菜，长在青青河岸边。有可能是这些年来没人扯它做粑吃了的缘故吧，它们长得格外鲜嫩格外肥美，实在惹人。我叫妻子、孩子扯了一大捆，到家里，就嫩的拣择，洗净。恰好前几天母亲给我带来了磨碎的糯米粉，糯米磨得真碎啊，拇指与食指相捏，细腻得打滑，真想不出我那七十多岁的母亲是怎样推磨推的，这么碎，正好和粑，和成擂米粑。我小孩说，比肯德基还好吃。这是糯米，不是当初我们吃的糙米，当然好吃。她平时吃饭，吃了半碗就放碗，怎么骂都不肯再端碗，但吃水芥菜的擂米粑连连吃了两大碗。我也觉得别有风味，二十多年没曾吃过，现在来吃，真是一顿“忆苦思甜”餐啊！

今天对于我们，几乎所有的“忆苦思甜”餐都是人间美味了，比如我们上餐馆爱点野菜，爱点蕨粑，都是做美味来点的，对于没经历过艰难岁月的人来说，这些食物只做无公害食物、绿色食品来品尝，而对于有着苦痛阅历的人来说，其中更含有别样味道，如今我们吃东西，不就是吃个味道吗？擂米粑之类的食物胜在它有回忆的味道。不论是苦味还是甜味抑或是苦甜交加的味，能够勾起回忆的味道都是人生最深的滋味。

魔芋豆腐

魔芋豆腐，我原以为是“磨芋”豆腐，是要磨的。先是盛一桶水，抓一坨石灰，投诸水中，那水呲呲呲地冒气，水桶里一片浑浊，然后水格外清澈了，石灰是有清水功能的。不过这里石灰投水，并不用其清水之能，而是用其有碱水之效。然后放置一个洗碗盆，我家的洗碗木盆有一抱大，深若齐腕关节，将石灰沉浸后的清水倒入盆里。盆里置搓板，我记得搓板最初是木的（后来可以从供销社买铁丝的了），搓纹以细为好。再将魔芋洗干净，七八个，十来个，够了，然后将魔芋放在搓板上面，磨，磨，磨。

我以为魔芋，就是磨的芋头。我老家制作魔芋豆腐，确乎是要磨的。而别的地方呢，据说是用魔芋粉做的。先把魔芋磨碎，然后像和米粉粑一样搅和，便成了魔芋豆腐。我现在偶尔去馆子里，点一碗魔芋豆腐，据说就是这么制作的。这般制作的魔芋豆腐，一点味道也没有，好像是米豆腐一样，全无脆劲，了无嚼劲，这哪像是魔芋豆腐，叫米粉豆腐好了。

魔芋豆腐确乎要磨，细细磨，碎碎磨，一个洗碗盆，磨了十来个魔芋，一盆清水便已稠了，发了一大盆。魔芋的魔，怕就是这个意思吧。而魔芋之魔，不只是其魔鬼般的膨胀，更源自一种魔性：在磨魔芋的时候，若不带双手套，那会让你一双手全痒起来，好像是俏皮鬼冷不防拿根针给你钻一下，马上缩手，藏了，你只感觉有个针在钻，但感觉不到在哪里钻；问题是，千根针，万根针，此起彼伏，在钻你，在耍你，让你抓，抓不着；让你挠，挠得出血，却还不解痒。我母亲手粗，老枞树板似的，再也感觉不到痒了。我，我姐，还有我妹的手，就不行了，很不经事。若母亲分派我们去磨魔芋，那最少遍身痒三天。

好吃的东西，不是那么容易得的；转过来说，不那么容易得，才是好吃的。也可以说，不止吃，好的东西，都不是那么容易得；也可以转过来说，不是那么容易得的，都是好的东西。

魔芋豆腐说是豆腐，却与豆腐不太相干，只是制作样子有点像。磨得比较稠了，稍稍抚平，然后端到屋外，冻那么一夜，味道就出来了。现在好像一年四季都可以吃上。当年，我老家貌似只有在过年时节才做魔芋豆腐。魔芋磨，磨，磨，磨得稠密了，如一盘热豆腐，摇摇晃晃的，便端至雪地里去（我家常端到屋顶小坪上），冻得硬邦邦。豆腐是白冻冻，魔芋豆腐是灰冻冻；豆腐变硬块，是要石头压的，魔芋豆腐不用压，只要放到那里就行，自然冷凝为一大盆。若想吃了，从盆里切一大坨，放热水里焯片刻，等冷却后，再细细切成一二指宽的条条块块，单炒，合煮，都成。

魔芋豆腐最吸油，舀一瓢油倒锅里，炒一碗菜，未必见得到油星。我家平时不做这菜，怕是这原因吧。我家一调羹猪油，是要炒两天菜的；这魔芋豆腐，一碗油下去，才略有些油影，哪敢这么奢侈？过年时节，却正好。过年杀了猪，砧板上，碗沿边，乃至炕桌木架上，都是一手油，炒魔芋豆腐，正好解油。如今大家生活好了，肚子里装着的都是油，若多吃几碗魔芋豆腐，也会去油解腻的吧？

魔芋豆腐煮鸭子，是一盘名菜。只是如今的魔芋豆腐，实在不是那个味。现在的魔芋是先用电器磨成粉，后搅和出来的，远非当年我老家手工制作的，那味道出不来，不脆，没嚼劲，竟然沦落到跟米豆腐一样味了。魔芋豆腐是有魔幻一般滋味的呢。含在嘴里嚼，可以嚼得嘎吱嘎吱响；水豆腐米豆腐能嚼吗？那是喝的，只能喝得吸溜吸溜响。魔芋豆腐，吃进嘴里，真能沙沙沙响，清脆，除腥，带点筋道；与老鸭子同煮，与老山羊同煮，再放辣椒与姜丝，成地地道道湘菜，吃来那叫一个食指大动，齿颊留香。

现在我偶尔去我所居城里的菜馆，点魔芋豆腐；我去过好些地方，也点过这个菜，总没那个味。我所居的城市，离我老家百把里路，并不太远，硬是做不出带劲的魔芋豆腐来。做得出一碗好魔芋豆腐的，大概是我老家坪上那里，加上冷水江、新化、安化等地，也就是梅山文化区域。梅山文化是湖湘文化一大支系，却以巫性著称。巫与魔，恰是匹配的吧？带点巫性来制作魔芋豆腐，这才出味。

故乡的糍粑

雪花纷飞，年关临近，过年的气氛一天比一天浓厚，我不禁想起了故乡的糍粑。

故乡地处湘中的红丘陵地带，世易时移，乡亲们依然传承着纯朴的古风，过除夕，过春节，世世代代都是无可替代与无与伦比的盛典。过年了，游子归来了，学子归来了，打工的兄弟姐妹与叔伯姑嫂都归来了，古老的传统以它生生不灭与无坚可摧的凝聚力，聚合着人心与亲情。在春节之前，有两桩盛事把节日的气氛渲染得一浪高过一浪。一是杀年猪。年猪，乡亲们年头就盘算好了，精心地用红薯养肥，用麦子养壮，用谷子养大，养得滚滚圆圆、膘肥体壮的。宰了年猪，都是噼里啪啦放鞭炮，年关愈近，鞭炮放得愈是殷勤与响亮。另一件呢，就是舂糍粑。

年缸肉，是过年标配。年缸肉搬来，往桌子上一摆，立中央位置，如菜之王者。

或许是江南红土地黏腻的缘故，谷物饱吸红丘陵之乳汁，那糯米格外白，白得像雪；格外润，润得像泉，外表富有光泽，光泽得像透明的细碎瓷器。在故乡，杀年猪也许还是一些乡亲的奢望，但，哪怕是单身汉，哪怕是五保户，都要蒸一斗两斗糯米来舂糍粑，仿佛谁家没有舂糍粑，那过年就不像过年似的。家家舂，户户舂，村村院院都在舂，那情景真叫壮观。

如今乡亲们基本上都用天然气了，但蒸糯米还是烧柴火。那炊烟如一根气柱般从屋顶上耸起，然后散漫开去，然后袅袅上升，把乡村氤氲得如诗如画。糯米经温火慢慢地气蒸，变得润软，那股浓郁的稻香随气逸出，飘出灶房，飘出堂屋，飘出窗外，在村庄的角角落落里缭绕不散。

闻到这股香，村里的汉子们便都来了，都来帮着舂糍粑。这是一件力气活，没一身好筋骨特别是好手劲可干不了。我曾经在电视上看到湘西人舂糍粑，坐在小凳上，拿把木锤子，啄米似的敲，那样子轻松随意。我们故乡舂糍粑很不同，是一种力与美的显现。首先把蒸熟的糯米放进碓坑里，那碓坑是用一整块青色料石凿成的，三四百斤重。把糯米倒入其中，首先是揉，用一根过人头的梨杆（称为粑具）去揉去擂。揉与擂，要两人相对，你在这边，我在那边，人把粑具同时按下去，在按之中把粑具转一轮，糯米在这样的挤压之下，不断烂软，越揉越黏。揉与按，见一个人的手劲与腰劲，没功夫的，按揉两三下子，便气喘吁吁，骨软神疲，掌中也有了血泡；手劲足者，青筋暴起，一按，一擂，一转，一碾，粑具直捣碓坑之底，那功夫仿佛是武林高手手插谷子到箩底。之后，便是砸，便是锤，粑具高高举起，使劲地砸下去，啪啪之声响得很夯实，再提起，再砸下，这一提一砸，便把糯米的黏性激发起来，越舂黏性越强，成为一团粑粑，润泽发光，有如一块肥硕的猪板油。最精彩的是出碓，手艺精熟的，把粑具猛掼下去，直插到底，在碓里抡一个圈，猛提上来，整块粑便利利索索地全出了碓，那坑中便只剩下一团热气散逸。

糯米粑出碓坑，接着便是印糍粑了。印糍粑得有印模，那印模也是梨木雕的，深如碗底，圆如满月，模底刻有各色图案或文字，寄托着乡亲们美好的愿望与祝福。刻鱼的，寓意连年有余；刻爪的，寄望招财进宝；刻松的，祈愿四季常青；刻稻的，期盼五谷丰登；刻字的，多是福禄寿喜；也有的没什么寓意，就图个喜欢：鸡、鸭、鹅、花、草、木，那些与乡亲们朝夕相处的事物，皆入印模。那糍粑印出来，就如一件件精致的艺术品，图案鲜明，质地温软，色泽润亮，极引馋欲。如果属新婚夫妇拜年的糍粑，则更漂亮。在粑上点朱，红光点点，还在上面贴松针，青线条条，更兼这些糍粑都由村里的高手姑嫂来印的，手法均匀到位，个个一般无差，叫人爱不释手，不忍下口。

吃糍粑有三法：煎、煨、煮。那年节或许是我肚里缺油的缘故，我最喜欢吃煎糍粑。糍粑煎得滋滋响，硬的煎得温软，白的煎得微黄，放一点点水，撒一点点糖，吃起来香、软、滑、甜。如今我感到这吃法有点油腻，但那年头却是难得的佳肴，我一口气能吃四五个，特别是我姨父，八个十个不在话下。我姨父在一个煤矿工作，只有他一人吃“国家粮”，有工资，我姨及表姐表弟们吃的是所谓的“黑市粮”，日子过得清苦。我们两家特爱走动，我家每年都要送些糍粑给他们，姨父最喜欢煎着吃，黏黏的糍粑将亲情黏得绵绵长长。

煮糍粑呢，糍粑本是零食，但在农历二三月，囤里谷物无多，便把糍粑煮了吃当饭。把它切成四方丁，放葱放蒜，放姜放辣椒，不油不腻，麻麻又辣辣，既耐胃磨不易挨饿，又省菜肴富有滋味。

我们吃的更多的是煨糍粑。在炭火之上，架一根铁钳，条件好的架个铁筛，把糍粑放上去，殷勤翻面，那糍粑受了火气，不断地膨胀，隆起再隆起。上好的糯米做成的糍粑，黏性格外强，隆得格外鼓胀。再用筷子戳穿，爱甜的塞些砂糖，爱酸的塞些腌菜，爱辣的塞些红辣椒腌制的萝卜皮，然后烤一烤，好吃得没法说。

至今让我非常怀想的是，落雪之夜，一家人围在火炉边，把被子抱出来，罩在炕桌之上，灶里一团熊熊的炭火，四壁照得亮亮堂堂，兄弟姐妹分坐四方，父母高坐上席。大家都把脚伸进被中，脚丫子相依相偎，相戏相弄，你踢我，我搭你，任由屋外北风呼呼，奇寒成冰，屋里旺旺红火，暖热如夏，此时煨糍粑，煨得鼓鼓囊囊，想吃随意，那也是一种消夜哪。吐鲁番的“抱着火炉吃西瓜”，故里亲人烤着被火煨糍粑，我想都是人间一种难得的胜景，那份温馨，那份意味，过去感觉是，现在感觉是，将来仍会感觉是一种金不换银不换的人生幸福。

糍粑易于保藏，只要勤于换清水，便经久不馊。第一轮用雪水浸，尤为耐收。在我故乡，糍粑不仅用于饱肚，更用于融情。乡亲们谁没个亲朋呢？平日东忙西忙的，见不到面，每到春节，便来个大串门，大拜年。或许是糍粑那扯不断、断而丝连的黏性，正好表达那份难以割舍的亲情友情，拜年的礼品再没有什么也不能没有糍粑，所以你背些糍粑来，我回你些糍粑去；你带十八个来，我加至二十个回赠你：来者有情，回者加意。糍粑在这来来去去中，把亲情友情连接得更紧更浓更加深厚。

前些日子，我回了一趟老家，娘说："你姐姐和妹妹都给你准备了一两担糯米，过年给你送糍粑来。"娘又说："上次你姐到你那里，听说你们常不吃早餐，要吃也胡乱填塞，这坏身体。早餐要吃好！你姐还给你蒸了三二斗糯米酒，早餐用这酒煮碗糍粑，再打个蛋，人才精神呢。"

哦，糍粑，我那浓浓乡情与绵绵亲情舂成的糍粑，怎让我割舍得下呢？怎叫我如何不想它呢？

芳名是藠头

我们老家把藠头叫作莂蒠把头。我老家话语都是土里土气的，表达力很强，却是写不出。莂蒠把头，不知道汉语里什么字可解，湘方言十里不同音，出游山背后，要带翻译走。莂蒠把头形诸汉字，也只是我的音译。拼了音，找不出很合适的汉字，看到“莂”“蒠”都是草字头，恰好这植物也是草本菜蔬，算基本达意了。

莂蒠而称把头，源自其根部凸起，直通通条形物，忽在一头打了个结，老家就称之为把头，刀把，锄头把，都是这意思。而称把头的菜蔬很少，荤菜里头，就是鸡把头、鸭把头；蔬菜里头，只是葱把头、莂蒠把头，葱不是莂蒠，莂蒠也不是葱，它们与韭菜都是一个科属吧？这三样都是绿丝草一样，撑起淑女般的秀发，菜圃里风乍起，满园子翻过来是一番白，翻过去是一番绿，但韭菜是扁平线条，而葱与劳葸，都是管状，长的是小唢呐。小时牧牛放羊，无聊，听鸟鸣，也想与鸟一试歌喉，便摘根葱管或劳葸，嘴对管，轻轻吹，确是中国好声音，近乎天籁。后来多读了点书，原来我之少年情趣，是可以入诗的。苏东坡贬海南，海南牧童也是这么一派天真："总角黎家三四童，口吹葱叶送迎翁。"不过，葱管与劳葸，只堪断句，没吹几句便破了。劳葸是那么水灵灵的，吹弹得破。

劳葸确乎很水灵，长如淑女细辫，绿如韭菜泛蓝。我娘不是菜农，种菜都是自给自足，一块一室一厅的地头，我娘划为N块，蛮多花样，这块苋菜，这块菠菜，这块萝卜，这块蒜，这块葱，留给劳葸的，常是方寸大小，劳葸便在这小天地里兀自生长，葱茏茏一片，绿油油一片——绿油油不是形容词，而是写实，劳葸之绿，绿得透亮，一场雨下来，可以劳葸管中过得眼，这边看得那边过；摘一把，腻腻的，黏黏的，那是绿色的油啊！一摸一把油，沿管流，生动无比。

劳葸油多，油亮，油香。描述香气有个词语，叫沁人心脾，劳葸香气沁入肝脾里，那是夸张了，沁鼻子却是真的。蒜也沁鼻子，但蒜过于浓烈，蒜香入嘴，却转口臭；劳葸不会，劳葸入鼻，入嘴，入心脾，都是一如既往地香。因其多汁，因其多油，因其多香，和炒豆腐渣，那是一味好菜。豆腐渣是那么粗粝，又是豆腐之渣滓，豆子的精华已被豆腐带走，留下豆腐渣还出什么味？豆腐渣若不加些好料，那真是乏味的。芴葸对豆腐渣有起死回生之力，当年我看到豆腐渣而反胃，设若是芴葸炒的，则胃口大开，大快朵颐。芴葸出味，还有一道家常好菜是炒鸡蛋，将鸡蛋磕破，蛋白蛋黄流菜碗里，芴葸切碎，加些红辣椒粉，以筷子搅拌，搅三五圈次，倒入锅里一煎，端上桌，呀，整个庄子，都香了！

芴葸是绿的，芴葸把头是白的，白如玉，白如雪，又是格外光亮，皮质细腻，像条袖珍玉腿。芴葸要看把头，才分清她的质地来。蒜呢，是一瓣一瓣的，葱与芴葸一样，也是一根一根的，但葱呢，白中多带青色，芴葸就是白，纯白，不带杂色的白。葱瘦，芴葸肥，葱把头比葱管壮大些，但相差不大；芴葸则不同，芴葸管瘦把头肥，虽也修长，却端的头大。若说葱是毛丫头，而芴葸有富家气象，不说大家闺秀，也是小家碧玉吧。

葱把头是不大腌的，我们老家却常喜欢将芴葸把头腌起来。先把芴葸把头洗一洗，褪层皮，浸到坛子里去，往坛子里浇一勺酸水（其实是老坛子里的陈水，相当于母水了），封起来，封他几个月，捞出来，白是不那么白了，带些黄，却是更透亮了，透亮得从这一边可以看到那一边，吃起来有点酸，嚼起来有点脆，那是新嫂子的爱物了。新嫂子过门不久，喜有身孕，便以酸浸的藠头把头当零食，绝佳。

而藠头把头煮泥鳅，是我们老家一味经典菜。泥鳅在我们老家，可做两味佳肴。一是泥鳅钻豆腐，大块豆腐（莫切片）先入冷水锅，然后放进泥鳅，文火煮，泥鳅在冷水里活蹦乱跳，忽然感觉周边水温渐高，高得难受，便往豆腐（不切碎，意在此）里寻凉快，钻了，这般煮出的泥鳅，风味独具。二是泥鳅菜，就是藠头把头煮泥鳅。藠头其形，是植物的泥鳅，泥鳅其形，是动物的藠头；藠头香泥鳅腻，猛火煮，藠头香气毫不保留，全部释放，香气透过厚皮的泥鳅，入其肉入其腹，煮啊煮，煮啊煮，煮到藠头打滑，筷子夹不牢，煮到泥鳅绵软，夹起来两头闪，然后起锅。这道菜尤适宜三五汉子做下酒菜。

泥鳅是地中仙，无贵客来，这菜做得少，较家常的，倒是藠头把头炒腊肉。藠头把头比较经火，要多炒几回才炒得熟。煮泥鳅是整藠头一锅烩，炒腊肉，那藠头把头就得切碎了。我堂客不太喜欢切藠头把头，觉得味道重，冲鼻子，其实那真的是香气。腊肉腊得久了，未免有股涩味，加上藠头和炒，那腊涩尽去，香气弥漫，好佐酒，更好拌饭。老实说，我不太喜欢新鲜猪肉，有股子腥味；也不太喜欢纯腊肉，有股子涩味；而腊肉炒笋，炒芴蒽把头，那就是美味，饭都多吃一碗。

腊肉哪有？当年，芴蒽把头煮泥鳅，一年不超过一次；芴蒽把头炒腊肉，做得多一些，也多不到哪去，父亲母亲过生日，基本没得吃；我姐我妹过生日，或许会炒一盘；只有我和我弟过生日，或是我舅我姨父们来，我母亲才从屋顶炕架上取下腊肉来。那腊肉少说半年，多则对年，涩味腊味浓郁得很，还好，有芴蒽把头解其烂味，增其香味，直到今天始终是我无限回味的好味道。

芴蒽把头煮泥鳅，芴蒽把头炒腊肉，记忆中屈指可数。数不清的，是单炒芴蒽把头，又没放多少油，几乎是清水煮，中餐吃芴蒽把头，晚餐吃把头芴蒽（早餐倒没，可是早餐没饭吃），天天吃，吃不出芴蒽的香气，只能吃出芴蒽的水气。当年，我对芴蒽要多烦有多烦，要多嫌有多嫌。老家骂人，不骂别的，就骂："你这个芴蒽把头。"

芴蒽把头，喊起来俗，说出来土，却也有撩人的诨号。我读师范时，伙食费先是十元五角，后是十二元吧（记不大清了），每餐一角样子，能吃什么好菜？恰是同学少年，十六七八，正长身体，脑子里尽想吃香的喝辣的，想吃鱼想吃肉。一日，食堂黑板上打出菜单，其中一道是白鸡腿。再看旁边注明的价格，呀，呀呀，呀呀呀：一角。顿时食指大动，饭盒敲得当当响，“师傅，打份白鸡腿。”声音超常响亮。端来看，什么玩意？原来是芴葱把头！

芴葱把头却有个好学名，我后来才知道，其芳名是蕌头，看看，三个白字起叠，又加个草字头，多美！对着其字，当年嫌弃如仇敌，如今让我神往。

柴火腊肉

听了一堂医生的养生课，吓得我好久不敢向柴火腊肉伸箸，医生说腌制东西吃不得，含硝酸盐；烟熏的腊制品也不能吃，那是垃圾食品。硝酸盐，可能不知道是啥玩意，垃圾都是见过的吧。再赴饭局上餐桌，看到那柴火腊肉，我手自是逡巡复逡巡，搔“手”踟蹰了。有酒徒甩豪迈语：“舌下过瘾死，做鬼也有味。”旁边有文士帮腔：“医生的话不可不信，也不可全信，只能信一半，医生只讲营养，不讲味道。”呵呵，让人通透起来了：人生在世，该玩的还是要玩，该吃的还是吃吧。柴火腊肉蛮好吃。满桌好吃的东西都归别人吃去了，那剩给我的，只有吃亏了——没办法，柴火腊肉是不可战胜的，谁见了都得向它举手投降。

在我故乡，乡亲们一年只杀一头猪的，堆起来，是一座小肉山，吃不了，大部分自然是卖了，一部分切碎，裹上米粉，腌在坛子里做米粉肉；一部分搓一层盐，挂在梁上做腊肉，让它自然干；更多的是挂在柴火灶上烤。梁上的腊肉看得不太吃得，灶上的腊肉看不得最是吃得。梁上的腊肉，虽灰头土脸，但终究比灶上腊肉好看一些，它的功能多半是用来走亲戚的，不是用来吃的。小时候，舅啊姨啊，过生日了，我娘就取下这块腊肉去贺寿，有时候还加上一条腊鱼；每回都是这块腊肉去，这块腊肉完璧回，一块腊肉可走三年亲戚。有一回我六姨大概是实在没东西办酒席待客了，把我娘带给她贺生的腊肉煮了，我娘气得不得了，硬是五年没去过我六姨家。我伯父家有块腊肉创了纪录，做礼品象征物，整整十年，最后炒了吃，搛了一块给我，我好像是在吃杉木枯枝。

梁上的腊肉其实是不太好吃的，挂久了，有点涩舌，灶上腊肉才真是佳肴，无论腊了多久，炒出来都是香喷喷的。灶是柴火灶，老屋有间灶屋，我当过十余年灶童，三五块腊肉吊在壁上，下面是松木枝、杉木枝，猛火文火，炊烟缭绕，烟熏火燎，把腊肉烤得如煤炭一般墨墨黑，那模样实在是看不得，然则吃起来，那一个香啊，味道最是绝佳。许多地道的美食，比如长沙臭豆腐、邵阳猪血粑，模样都丑，但味佳，跟故里人物一样，样子不很体面，但心好。我那村庄，还不算纯是烧柴火的，有时要烧炭火，炭火上也挂腊肉，若是老山林里人家，一年四季全是柴火，那腊肉更是黑乎乎地不忍睹。据说山里人家取下一块腊肉来，清水是洗不干净的，他们的法子是，将腊肉一脚踩到水田里，过一袋烟工夫，从水田里快手如箭提出来，腊肉瞬间白乎乎、清亮亮了，再用清水洗一洗，比炭火腊肉味道翻倍好。

柴火腊肉确乎是人间烟火，褪尽烟火，全是人间味。用柴火熏出来的腊肉，肥肉透亮，摆在盘碟菜碗里，那脂肪不再油鼓鼓，已水灵灵，可以从这面看得见那面，虽肥却不再腻，有梨膏滋味；而那精肉部分，紧如筋板，嚼起来比干牛肉更筋道。乡下土猪肉，又是不去皮的，带皮腊肉那层皮，韧性强，味道脆，能与利齿纠缠多回合，可在舌间持久生味。柴火腊肉，可以单蒸，不放作料，不添他肴，自在出味，切的肉块手板宽，可以大碗喝酒，大块吃肉，肚量小的女士，夹上一块可以饱半边肚子了。自然，柴火腊肉与其他菜肴搭配，风味尤佳：切细一些，拌炒冬笋，腊味共鲜味，味中有味，下酒送饭，真是美味无比啊！而腊肉煮泥鳅，是我家乡一道名菜，泥鳅单煮有点腥，佐以腊肉，加些香葱，猛火煮，文火熬，煮得泥鳅入嘴即化，嚼泥鳅如喝汤，吸溜溜入胃肠；而那腊肉越受火，肉越是紧，耐嚼得很，嚼而无渣，齿颊间留香，可回味半天。

久居城市，多吃鲜肉，居然常常难以下箸，鲜肉固鲜，入鼻尖多肉腥气，让人停杯投箸不思食，拔筷四顾心茫然。每到年底，我堂客总思谋要烤些腊肉，只是无松枝。我堂客爱与阿嫂阿婆费心制腊肉，常转悠半个城市，讨些锯木灰，不让木灰生明火，只让其暗生烟，聊当柴火熏腊肉，肉间还散布些橘子皮，熏出来的腊肉不是黑色，而是黄色，也很出味的，尤其是那些橘子皮，经火一烤，浓香散发，深入腊肉之纹理去了，平日用这腊肉做家常小炒，也特诱人。可是吃来吃去，总不如柴火腊肉，橘熏腊肉，肥肉有腻感，精肉缺筋道，不耐咀嚼，仿制品哪有正宗的好吃呢？我家小女初长成，到了北地读书，彼间乐，不太思蜀，要放假了归故乡，发来手机短信，不问她爸别来是否无恙，不问她妈近来过得好不好，只是发电报体家书：某月某日，坐火车到家，我要吃辣椒炒腊肉，不是锯木灰腊肉，要松枝香腊肉，带皮的。

这家伙真是会吃。城里红辣椒青辣椒随时有，哪来柴火腊肉？也罢，待小女归来，一起回老家，大快朵颐柴火腊肉去吧。

米腌肉

米腌肉是米粉肉，但说是也是，说不是也不是。

我们现在所吃的米粉肉，是现炒现卖的快餐：切一块新鲜肉，裹以米粉，放到蒸笼里蒸个半晌，摆到盘子里就是菜了。这菜新鲜是新鲜，但缺少底蕴，味道自然不深郁，速成的东西大抵欠耐咀嚼，这是当下美食之痛，不说也罢。

米腌肉当然也是米粉包裹的肉，但与米粉肉划了界限的是在一个“腌”字。在我的老家，每到春节，家家户户都杀猪过年，一年见不到“肉腥”，一个节里却堆了座“肉山”，怎么放开肚皮也是装不下的。有些切成小块块，半寸厚，两寸长，放到开水锅里烫几下，有八九成熟，再放到米筛盘子里，米筛盘子里摊满米粉，然后就揉啊揉，直至每块肉都让米粉均匀覆盖，再把肉放到坛子里，上面撒些食盐，盐不可多，当然也不能少，多了咸得进不了口，少了就让这般美物全坏了。米腌肉之肉没什么不同，米粉大多都用糯米，坛子也都是从市面上买回来的，米腌肉一看就不是什么高科技活，它的技术含量大半体现在这盐量的掌握上。美食高手与庸手的区别常常并不很大，往往就是那么一个个小细节。

米腌肉的味道比米粉肉要好，这好比是新酒与陈酿，新酒有一股水气，陈酿味道要浓厚多了。米腌肉有股坛香，揭坛的瞬间，香气腾的一下，喷出来了，从屋外阶沿边走过路过的人都不会错过，都能吸一大鼻子，免费享受馥郁的芳香。不管多肥多腻的一块肉，在坛子里腌了三五几个月，油腻味都被去了个一干二净，连米粉都有菜味道了。它还像酸萝卜条一样，是一种即开即食的产品，从坛子里夹出来，就可往嘴巴里送。我父亲每天起床爱喝两口，下酒的经常是一两块萝卜条，奢侈的时候夹上的是一两块米腌肉，左手持壶，右手捏肉，吧唧吧唧。天还蒙蒙亮，他就从稻谷田垄上看他的稻子，麦山坡上看他的麦子，或者村前村后看他的院子。

文化艺术大抵都是“穷而后工”，是一种“穷快活”，饮食若算不上艺术但算得上是文化，也是“穷而后工”

的。米腌肉就是“穷而后工”的产品。因为乡亲们一年买不起一两回肉，只在逢年过节，准确地讲，只是逢年，才能杀猪打牙祭，但一头猪，哪能一餐几餐吃完？肉是容易腐败的，如何使春节杀的猪，保到青黄不接的时节还能吃上？这是老祖宗的“研究课题”。

这要感谢冬天，冬天是苍天给我们农耕民族放的“寒假”，颗粒都进了仓，啥事都不用干，布置的“作业”就是“耍”。“耍”有时是好事，很多的艺术与文化都是“耍”出来的，孔夫子说，心有余力则为文，乡亲难以“为文”，就把精力研究吃，所以我们流传下来的许多美食——比如普天下都有的“腊肉”，比如我们这里独有的“猪血粑”——都是冬天的“产物”。蚂蚁在春夏秋三个季节储备过冬“物资”，人呢，在冬天这一季节谋划如何度过“春夏秋”，一年之计在于春，其实不太准确，更是在于冬的。

尤其需要感谢的是坛子罐子。腌菜，真是天才的发明，是穷人智慧的结晶。若是有钱，天天能称肉吃，谁还会想这样的办法呢？乡亲是把坛子当百宝盒子用的，什么菜都往坛子里放，茄子，辣椒，豆角，黄瓜，萝卜，豆腐……几乎没一样菜不可用坛子腌。什么菜放到坛子里，不但不失味，不变质，反而增味，并把菜的原质优化了。

所以人们把坛子罐子的发明，作为一个“陶器时代”来命名青史，确实是有道理的。

现在大都不穷了，吃肉不是什么稀罕事，饮食从理论上可以更精致，但实际上是散漫了，除了大师傅几个人在研究菜的新花样外，那种全民投入开发“新品种”的盛况已然不再。在最是“民以食为天”的乡下，也没人“研究开发”新菜品了。想想也是，原先家庭“财政”的六七成投向吃饭，现在“恩格尔系数”大大降了，说明大家不把“食”当“天大的事”了，从“财政”看重视程度，是我们的思维视角嘛。至少在乡下，我活了小把年纪，吃的家乡名菜几乎都是历史悠久的“传统佳肴”，没有“新品牌”，开始让人想不通，现在菜是那么丰富，怎么菜品还是“老三样”？如今明白了，快节奏的现代人，只管买就是了，谁还做？买是钱两的问题，做是智慧的问题。菜品不但没有新发明，而且那老样式也有失传之虞。

米腌肉就很少了，不但城里难得见，即或在乡下也罕闻其香。好多年了，我回家，我娘都没摆上过这道菜，每次都是称新鲜肉，有之，也是临时抱佛脚，现磨米粉，弄米粉肉充当。前些日子，到深山更深处的老同学家，那里古风浩荡，离前村二三十里，隔后店三二十里，买肉要半天工夫，所以依然还有米腌肉。那里山是青的，水是绿的，空气是鲜的，腌出来的米腌肉格外香甜格外醇厚，让人大快朵颐，直呼过瘾。

说老实话，我十多年没吃过米腌肉了，差点把它给忘了。我以为它已失传，其实没有，它在原生态的地方依然保持着原生态的味道。

油腌肉

腊肉是肉之精品。杀了过年猪，父亲主刀，砍肉一条条；母亲穿线，挂肉一块块；我当烧火小和尚，往土砖灶里使劲塞柴火，熏得眼泪水汩汩流，熏得肉油水点点滴。晨起炊烟，入暮烟吹，但见墙壁挂上的块块条条肉，由白转黄，由黄转黑，由黑转墨墨黑。满肉尘灰烟火色，四面苍苍百般黑。腊肉黑，百般黑，黑如人间烟火色。

腌肉呢，是肉之神品吧。

猪肉有几般腌法。有种方法是将肉切方，切坨，切麻将大小，往竹盘里倒，竹盘里满是糯米粉，猪肉落盘沾粉，再摇、簸、颠，猪肉滚粉，滚得粉妆肉砌，然后，放到坛子里，盖起来，封起来，盖封的坛子边，水淹起来——果然是密不透风。到了四五月，青黄不接，嘴里淡出鸟来，便开封揭坛，大快朵颐。

这里所要说的腌肉，不是这样的。糯米糯肉，入坛腌封，老家叫米腌肉。此处所说，非米腌肉，叫什么肉呢?貌似还没给起名呢，姑妄言之，叫油腌肉吧。

烟熏肉也罢，米腌肉也罢，都是父老的生活智慧。我听说，北方有奇法，新鲜猪肉，剁块块，切条条，寒冬腊月，埋在雪地，此后日子是：一镐挖下去，挖出人参来；一镐挖下去，挖出鲜肉来。想想，那情景也是让人醉了。南方非北方，雪花虽也纷纷，一场春风，便吹得不见影，雪地埋肉，只堪遐想。

雪里不埋肉，油里埋肉。年猪肉是蛮肥的。七胀芋头八胀薯，八月之后，红薯出土，父老天天用红薯喂猪，把猪养得滚圆滚圆。再穷，也要喂养一头过年猪。一年的肉，指望在这里；一年的油，也指望在这里。榨油，是件好玩的活计，我挺喜欢。手掌大一块块肉，投掷油锅，文火，武火，武火，文火。先是油鼓鼓，再是油咕咕。煎油，听那出油声，音乐蛮悦耳；油汩汩，油流油缸与坛子，越见越欢喜——是我娘见油喜，我是见油渣喜，油渣出锅，稍稍冷却，或加点盐，或生嚼，味道奇绝。

油腌肉，别有风味。油腌肉者，便是将精肉与猪油同煎同炸，肉中水气都挤出了，肉更是紧实了，鲜味却也不曾全失。乡亲蛮智慧的，酒在半醺，肉在半干；半干，肉紧而鲜；紧，更有嚼劲，鲜，便有回味。油腌肉，就那么撩人。

油腌肉，是猪肉与猪油同入火锅，同炸同煎；油煎后，油倒入坛子里，那一同煎炸的猪肉也一同倒入其中。肉沉坛底，油浮坛上。北风吹彻，猪油冷凝，如白蜡，如白冰，如结冻了一坛子白云。水滑洗凝脂，所形容的，便是这坛子猪板油吧。

米腌肉，烟熏肉，还有这坛油腌肉，皆为存储猪肉而开异想。油腌肉是通过猪油来密封猪肉；与米腌肉比，其不用擦盐；与烟熏肉比，其不用熏烟——油腌肉既保持了新鲜肉之清香，又排除了硝酸盐之贻害。

油腌肉之珍，也是物以稀为贵。一头猪，能炼多少油？对门婶娘，油腌肉做得院子第一好，她说，油煎肉，油封肉，要同一头猪的猪油与猪肉在一起煎与封，才香，才脆，才保存长久。腊肉可以一路制作去，或竟可以机器化生产；油腌肉却是不行的，油要比肉多，才能覆盖得了肉，肉如山峙，耸出油平线，那肉不早坏了？客来，炒腊肉；贵客来，稀客来，园子里现摘辣椒，现炒油腌肉。无他故，油腌肉者，肉之神品嘛。

河水煮河鱼，比自来水煮河鱼，味道鲜多了；猪油炒猪肉，比植物油炒猪肉，味道醇多了。若猪油炒油腌肉呢，难得一见哪。

好难得这口福的。我回老家，娘卧房里置了一坛子油腌肉，掀开盖，香喷喷。欣欣然去屋背后，田间地头，扯野胡葱。我娘早摘了一篮子青辣椒，青辣椒炒油腌肉，加野胡葱，那是什么滋味？是青辣椒炒腊肉滋味。我娘不做油腌肉，说："留着，留着，要留着的。"留与谁吃？少小离家老大回，乡音无改已是客，客随主便，开口不得。

一坛油腌肉，留与谁？留与我堂客。这夏日，我没回家，我堂客代我回，我娘揭开坛子，挖一大海碗，那肉啊，栩栩如生——夸张了，是栩栩如刚煎，如刚出锅，香气四溢，清亮如许，有新鲜肉之甜，无新鲜肉之腥；有腊肉之韧，无腊肉之紧。堂客归来，口述口福，很是感慨："以后，你去我家，我去你家。"惊问何故？堂客曰："我回我家，我娘有油腌肉，不拿出来，到你家，才可大啖腌肉一大碗。"是这样啊，晓得了，晓得了。我回我家，难吃上油腌肉，我去你家，也吃上了呢。真的？真的。我堂客便与我设约："我们别犯傻，放聪明些：我家，你去；你家，我去。"

这个哈婆娘，还是犯傻。口没味了，思想老家那油腌肉，可以常回家看看，夫妻双双把家还嘛。

白辣椒煮鱼

我的老家坪上镇是个弹丸小地，虽然偏僻，但谈不上闭塞，既无群山耸峙，自成桃花源；也无江湖环绕，隔成孤岛渚，与四周交通，并不孤家寡人，人也好闯江湖，也非井底之蛙。按说谈不上特立独行的，但有点怪，在许多方面有股特别的味道，比方说方言，与上十里下十里界限分明，与左十里右十里也迥乎有别。她在省内还算得上是有点名气的文化之乡，最先是读书气氛浓郁，以子弟考大学跳龙门而闻名遐迩，如今添以饮食文化耸动地方，名气益彰。我所在的城市已有数十家标以镇名的茶馆，都自称正宗，逢人请客，往往以“吃坪上菜去”相号召，应者踊跃，还常有人叫我带路，驱车百十里去我老家吃“正宗”的坪上菜。在省城长沙，也有几家馆子了，还在省里的都市报做广告，先是直呼坪上，后来可能有点胆怯，不敢在省府叫板吧，换了大名“湘中”餐馆，名字诚然大了，但大而无当，最后还是以“坪上”两字立名。山不在高，有仙则名，地不在大，有菜即灵嘛。

家乡有人做了总结，说坪上菜有八珍。老实说，我还数不上来，因为都是家常菜，又没与其他菜做过精确的比较，自然也就不知道是哪八珍。最负盛名的，大概是坪上牛肚，此外还有石板蛙、黄菜炒小笋。我平生最爱吃鱼，心目中的至味是白辣椒煮鱼。

鱼是一道最常见的菜，本无可足道的，天下谁人不吃鱼呢？在馆子里点菜，鱼随时可点，什么清蒸桂鱼，什么豆腐炖鱼，什么鲫鱼熬汤，什么紫苏煮河鱼，但若不到坪上菜馆，你很难点到白辣椒煮鱼。这菜不是剁辣椒煮鱼头，菜料虽说都是辣椒与鱼，但山是山水是水，这是两道菜。剁辣椒是红辣椒，将其剁碎，放盐放姜，还掺以水，一股脑腌在坛子里，辣椒鲜红，说到底是辣酱，将其浇在大鳙鱼头上，将鱼头埋一二分深，吃起来辣得人舌头打卷，肠胃发拧。老一辈的湖南人辣不怕，一点事也没有，新一代的湖南人就不行了，天天食不厌精脍不厌细，肠胃精致了，娇嫩了，受不了如猛火如烈酒的刺激。

白辣椒煮鱼就平和多了。天下鱼味其实都差不多，这菜之特点就在白辣椒。白辣椒者，其原料是青辣椒，将欲红还青的新鲜辣椒摘下来后，置一大铁锅，把水烧开，烧得波翻浪涌，将青辣椒倒入沸水中，焯那么三五分钟，青辣椒硬皮转软，褪青成白，不能久焯，焯久了易熟烂，不出味了。然后捞上来，放在竹筛或晒簟里晒一两个日头，要干不干，略存水分，略微掺点盐以防腐糜，再腌在坛子里，个把月之后，便可以随用随取了。白辣椒一般不炒其他荤菜，最多炒猪肉，其他羊肉牛肉鸡碎鹅杂都不宜，最宜的是煮鱼，因为白辣椒经开水焯过，既除了青气，又除了辣味，没有青辣椒的嫩气，也没有红辣椒的辣气，有点中庸味道的温柔敦厚，比较和胃。鱼最好是草鱼，草鱼肉厚实又细腻，尤其是池塘里没吃饲料的草鱼，鲜味浓郁，有点淡淡的点到即止的甜味。白辣椒煮鱼，鲜而不腥，辣中带甜，既好下酒，又好下饭。在我老家，逢年过节，娶亲嫁女，过生日请客，红喜白喜，这道菜都是要上的。

尤其是过年，我们老家依然保持着除夕吃年夜饭的老传统，白辣椒煮鱼还是一道主菜，大块吃鱼，大块吃肉，诚是大快朵颐。一条鱼三五斤、七八斤，切成手板大一块，再切二三斤白辣椒，一锅煮，用的是大砂缸盛，砂缸有脸盆大，比脸盆深，一张方方正正的餐桌，只能放三四个砂缸，其他小菜都是叠在缸中间的。鸡肉猪肉易变质易变味，除夕夜之后，热一两次就吃完了。那白辣椒煮鱼就不同，满满的一大缸，一缸有十多斤，哪能一下吃得完？这菜就放在柜子里头，春节期间天气冷，鱼汤易结冻，这鱼冻把鱼和辣椒冻结一块，味道尤佳，有点凉有点辣有点滑有点鲜，每次从缸子里切一坨，不必热，热了，汤汤水水有点黏黏糊糊，看上去坏胃口，就那么冷着吃，特有滋味。小时候没冰箱，这道除夕之夜的主菜就放在木头柜里，一点也不变味、串味，可以一直吃到正月十五。

糯米酒糟炒田螺

美酒佳肴如影随形，结成不解之缘，有佳肴无美酒，如有红颜却无英雄；有美酒无佳肴，似有英雄却无红颜。佳肴美酒，多是佳肴佐美酒，肴宾酒主，肴以助酒兴焉；而酒宾肴主，以酒入肴，却十分罕见。罕见不等于不见，海鲜席上，有醉虾一道菜，活虾置于烈度白酒中，供食客生吞活剥，味道鲜则鲜矣，然让人不忍，不习惯者多。还有啤酒鸭，啤酒与鸭和蒸共煮，老鸭子因此骨酥肉软，上了桌席，唯剩鸭块，酒已逸出不见，酒于其中不过味精香料而已。酒肴影形共在，而其滋味亦同存且相辅相成，我所品者，唯有糯米酒糟炒田螺。此菜未上菜谱，我南北饭局略经过，东西酒席也曾尝，田螺是有的，但要点糯米酒糟炒田螺，店小二却不知为何物，方知此菜为湘中老家所独有。

米蒸为酒，以糯米为醇美，糯米绵软油腻，入口爽快，煮成饭不用菜送腹，其以木器蒸，粒粒粘连，却粒粒独立，入得瓮中严封密罩，醺而为酒，仍见糯米特性，其他粳米、黍米瓮醺略久，米粒散烂，不见形状，而糯米久醺，即或瓮藏了一个对年，米形犹具。糯米酒甜润甘美纯醇清爽，酒液清亮，火上煎开，糯米粒粒透亮而漂浮，酒味浓郁却不醉人。吾乡有客来，上糯米酒待客如同宴席上的茅台、五粮液，待客档次与规格是十分高的。

入春至秋，漠漠水田处处皆有田螺，它见水即生，河涧水塘为最多，生性又十分呆笨。家乡有谜谣，道的就是它："蓝田来个拐更拐，一天走得尺对尺，背上背个尖壳壳，头上不长两只角。"蓝田者，乃是学术泰斗钱钟书曾执过教鞭的地方，今之涟源市，此处之蓝田，射水田而已。头上长两只角的是蜗牛，没长角的即是田螺。田螺步履笨拙，是最容易手到擒来的，获得之容易，仿佛拔萝卜摘白菜。麻雀、野兔为山珍，捕猎极难；泥鳅、黄鳝为美食，然其十分活络滑溜，见人，顷刻钻入浊水淤泥中，不见踪影；螃蟹略迟钝，然捕之也需眼疾手快。田螺则不然，一逮一个准，给足时间让它跑，一天跑的也不过"尺对尺"。田螺不需喂养，不要人来打半点招呼，天生此物，天厚农人。我家门前，有一垄田，土肥水沃，田螺吃养得膘肥体壮，只是因为啥杂物与啥杂肥都排入田中，田螺日吸月养，螺肉便不很清爽。而屋背后有山，山上有层层梯田，我们称之为天水田，意谓庄稼全靠天落雨，靠天吃饭的乡亲不太指望天水田里稼穑丰收，投肥甚少，因此水质十分透亮，田螺吸清水餐清风，肚肠干净，其肉质清亮而透明，细嫩又润滑。

田螺肉窝在壳内，生取极难，将其倾泻于铁铝锅里加水煮至熟，用针或竹签一挑即出，然后可炒。水田是田螺故乡，田螺生于斯长于斯，终日里含水啄泥，螺肉到底有点泥腥味。这恐怕是用糯米酒糟来炒田螺的缘故吧。炒田螺，少不了酒糟、紫苏与辣椒，酒糟解腥，紫苏添香，辣椒加深味道。紫苏生于野外，形同公鸡红冠，乡亲亦称为鸡苏冠，香味极为浓酽，入得锅中加热，香气喷散四窜，满庄满院都跑去了。酒是糯米酒糟，糟非酒之残物，乃精华之米酒，从瓮坛中盛一小碗，与田螺同炒，有细碎珍珠之形与色，酒气渗进田螺核心，将腥气排挤一空，螺肉中便有酒气穿透。辣椒是红辣椒，切得细碎，辣味是穿透力最强的一种佐味，肉菜坚厚，有时油盐进不了，辣味却一钻即进的。田螺里放了紫苏，放了酒糟，放了辣椒，其螺肉则漫逸香气，漫逸酒气，漫逸辣气，三气一同丝丝缕缕地袅娜升腾，逢鼻孔就钻，逢肺腑即入，这便是谁也挡不住的诱惑了。我所见的，不吃鸡肉的有之，不吃鱼肉的有之，而忌狗肉羊肉的更有之，但少见有不吃田螺的。单放紫苏炒田螺，不吃的有之；放紫苏与辣椒炒田螺，不吃的亦有之，然而紫苏、辣椒、糯米酒糟同炒田螺而不吃的，我实在未曾见过。

曾有远赴广东打拼的同学，娶了一位广东太太，电话告知来我陋室做客，叮咛复叮咛，所炒之菜一律清淡。我购得一碗田螺，本想清炒，到时节却忍不住放了紫苏，放了辣椒，更放了糯米酒糟。粤嫂看到辣椒，默默不敢伸箸，但一听此菜名连称有味道，又见糯米酒糟粒粒可数，清白透亮中含红蓄绯，有彩色珍珠模样，不禁香津含唾，顿时说了一句豪言壮语："辣死算了，失了这味，白死不值。"粤嫂伸筷一尝，一发不可收，便置其他山珍海味于不顾，独向此碗菜肴频频出击。

糍粑印出来，就如一件件精致的艺术品，图案鲜明，质地温软，色泽润亮，极引馋欲。

带　腥

我舅要来我家，我母亲跟我讲，你旷天课算了，去弄二两泥鳅来。我就到我们家的菜市场去弄。我家的菜市场就在屋外，乡亲们的菜市场都在屋外。老家的菜市场很多，开门即是，几乎处处都是：茄子辣椒在菜园里，草鱼鲤鱼在池塘里，野兔蘑菇在山林里，泥鳅黄鳝在水田里。套东坡先生的话是，此造物主之无尽藏也，耳得之而为声，目遇之而成色，舌沾之而得味，腹蕴之而饱肚。这菜市场的妙处当然不单在此，也在于取之不要钱、用之不付费，特别对乡亲们心思；其妙处更在于，此等美味佳肴，都归属造物主，造物主好像是主人，好像也不是主人，终究属于无主物。比如说吧，泥鳅在张嫂的田里，这不是说泥鳅归属张嫂，李叔去张嫂田里捉来，泥鳅就归李叔所有了。再比如说吧，野鸡安居在颂文自留山里，唐武上山捉来，架起油锅煮着吃、炒着吃、蒸着吃，搛块鸡爪给颂文咬，颂文龇牙咧嘴咬得涎水如线掉地，他不用讲客气；若唐武一口汤都不给颂文喝，颂文一个屁也不能放。

母亲叫我旷一天课去弄泥鳅，是因为她知道我笨，没一整天捉不了二两泥鳅，二两泥鳅是煮一盘腊肉的底线。泥鳅煮腊肉，是我母亲的招牌菜，泥鳅是刚出水的，腊肉是放了整整一个对年的，柴火熏的，再放红辣椒，可以想象一下，那味道是多么撩人。一般情况下，母亲不准我去捉泥鳅，放暑假，人全空闲了，也不准去，她舍不得她的腊肉，我家腊肉不到非常时刻，母亲不端上盘。所谓非常时刻，就是我父亲过生日，我过生日，我弟弟过生日；我姐姐与妹妹过生日不算非常时刻。另外，就是我舅舅来了，我外婆来了；同样的，我姨来了，也不算非常时刻。叫我旷课去捉泥鳅，这是母亲在非常时刻之非常之举。我蹦起屋檐高，腰带里一根麻绳系了竹篓子，冲到田里去了。我用一把稻草，搁在沟坑上，往前推，把田里一层薄水拦住，然后，双手挖泥巴，直挖到泥鳅现身。再滑的泥鳅，也无地可逃，我用双手捧着，丢进竹篓子，一上午，加一中午，再加一下午，我可以挖一公里长的沟坑，挖这么长，一般可以挖出二两泥鳅来。

母亲知道我是不带腥的，所以给我一整天。我们村里最带腥的是唐武，他这边架起锅，放一勺井水，那边下田，“蟹眼已过鱼眼生，飕飕欲作松风鸣。蒙茸出磨细珠落，眩转绕瓯飞雪轻”，锅里水刚刚冒蟹眼鱼泡，他半斤泥鳅就捉来了。唐武捉泥鳅方法很多，一是照泥鳅，插早稻的春夜里，插晚稻的暑夜里，秧田平整，禾苗刚成行未遮陇，他举着一把柴油火把，提着一根长柄铁梳子，看见泥鳅、黄鳝露在泥面上透气乘凉，一把铁梳砸去，泥鳅与黄鳝就进了兜；自然，这法子也无甚出奇。他的第二法子是织竹罐。那竹罐口大，颈小，腹大，尾小；口颈之处，织两层口，外口大，内口小，泥鳅钻了进去，没法出来；尾口用竹绳拴紧，倒泥鳅了，将竹绳往下拉，那泥鳅就哗啦啦往篓里往盆里往桶里跳。我跟着唐武放过竹罐，傍晚时分，带了一瓶饵料，那饵料用椿树嫩叶与大小蚯蚓做成，将它们一起剁碎，搅拌在一起，就能发出阵阵泥鳅最喜欢的香味，搁一把饵料在竹罐口，用泥巴罩住，再在竹罐口前面扒一条滑道。唐武教我的技术，就这些，我也暗自瞧了唐武，他确实也是这么操作的。次日一大早，我跟他一起去起竹罐，我的竹罐里，没一条泥鳅；他的竹罐里，最少也是半满的，倒出来，就是一盘泥鳅钻豆腐，或者是一盘泥鳅煮腊肉。

唐武嘴巴长得歪，背有点驼，两只脚生得很不对称，一只长半寸，一只短半寸。我母亲说，他的样子被老天给破了，老天就补了手艺给他。母亲的意思是，世界上没有比老天更公正的，老天若工作没到位，造人造残了，一定得另外给他补助补益，补一样东西给他。我父亲就骂我母亲，你晓得个鬼，那小子是因为天生孽种，一生都在杀生，所以才给他造副破烂身板。

唐武模样丑，却比我们队长还受大家捧。队长不能给大家泥鳅黄鳝野鸡野兔，唐武能。张嫂男人一年要过一次生日，李四满女不过生日，他细崽一年都得过一次生日，大家也都有舅舅有外婆的，亲戚都爱走动走动，一年都要走一两回，这都要请唐武去弄盘好菜来。唐武这人也就懒得像条蛇，天天在家里睡觉，不出工，按我们乡里骂人，叫作摊尸，像个尸首一样摊在床铺里。唐武天天摊尸，吃得却比我们好，我们一日三餐，两餐吃红薯，一餐吃红薯白米饭；他顿顿都是白米饭。他给人捉一回泥鳅，那就得给他一升米，这生意本来是他吃亏的，他兜半篓泥鳅去镇上卖，最少能换两升白米，乡里乡亲的，他折了半。只是我家经常连半升米都没得，我母亲到了非常时刻，才叫我旷课去捉泥鳅，不跟唐武做生意。

唐武跟院子里谁都好，这不是说唐武人有多好，而是说大家都要跟他好。唐武跟族老盈太公从来不搭腔，他与盈太公是上辈子就结了梁子。我父亲给我说过端详：唐武他爹颂安伯比唐武还厉害，他要捉泥鳅，往田里走一圈，泥鳅就满竹篓；他要捉乌龟，往塘边走一圈，要两斤的乌龟，一斤九两的不来，二斤一两的也不来，恰恰是两斤的乌龟，就进了他搪瓷脸盆里。有一年，山里的麻雀捉尽了，塘里的鱼虾捉尽了，观音土也被乡亲们挖了一小半，大家的肚子还是空空无所填。盈太公找来唐武他爹颂安伯，叫他把田里的、塘里的、沟里的、河里的泥鳅、虾米、鲤鱼、鲫鱼全捉来，麦土里的土蛙、青蛙，也叫颂安伯都捉来。颂安伯天天捉，夜夜捉，捉到我们院子里那口井边，大概是周围几块稻田，他不捉了。颂安伯跟盈太公斗硬嘴："你打死我，我也不捉。"盈太公说："我不打死你，我要饿死你，你捉不捉?"颂安伯说："不捉!"盈太公没斗赢颂安伯，就发动院子里的人去挖田，要把田翻个底朝天；颂安伯眼睛瞪得牛眼珠大，红得像灯笼，甩下狠话："谁敢挖，我就跟谁拼了。"可是他一个人哪里敌得住一院子嗷嗷叫的汉子？大家锄头、铁铲抡得呼呼响，挖了好几块田，一条蚂蟥都没挖着。盈太公说，颂安伯施了法，泥鳅黄鳝都搬了家；从今天起，队里一粒谷子都不给他。颂安伯就成了我们院子里第一个饿死的人。

最后没挖的是老太公田。这块田有两三亩大小，方方正正，肥沃流油，据说是我们刘氏院子里的开山老祖宗落户开挖的第一丘田，我们喊它为老太公田。二十世纪八十年代，分田到户，这丘田一直不分，做公田。那次，盈太公叫大家挖，挖到这里也不挖了。按我父亲的说法是，颂文伯把全院子的泥鳅等生灵都施法，搬到了这田里，是叫泥鳅等生灵留个种。颂文伯捉泥鳅捉鳖鱼都是有规矩的，任何一块田，都不捉尽。其他田里泥鳅都捉尽，单剩下水井边、老太公田边等几丘田没挖。老辈人都说，这是盈太公与颂文伯商量好的，一个作死地要挖，一个作死地不准挖。挖到老太公田了，盈太公说，不挖了，泥鳅都叫颂文施了法，挖也挖不出了，白费力，蓄着这力养身吧。大家都信了，没作死地挖了，所以，现在我们院子里的稻田里、池塘里、河沟里，泥鳅黄鳝、甲鱼王八，依然满田满河。

只是唐武却与盈太公结了杀父仇。颂文伯就唐武这个崽，老婆生下唐武就死了。颂文伯饿死后，唐武归了盈太公带，村里定了规矩，每户每年半升米，养唐武到十八岁。唐武一直喊盈太公做爹的，他十五岁那年，有人说古，说了他爹之死，唐武就咬定是盈太公杀了他爹，他再也不喊盈太公做爹，谁喊他去弄野腥，他都去，就是盈太公喊不动。唐武长大了，三十多岁讨不到婆娘，盈太公打发人做媒，说了他的外甥女给唐武，唐武婆娘要了，对盈太公依然不喊。

唐武只大我三五岁，前年过世了。母亲说，他是被蛇咬到两只手，中毒太深，没救过来。那天，唐武去山里，看到了一窝野兔，那兔娘看到唐武来了，跳出窝来，露出了眼窝上还带着胎毛的一窝兔崽子。碰到这情形，若是唐武他爹，肯定不捉了；唐武带了他爹的野腥味，却没带他爹的人性味，伸了双手就去抱，冷不防旁边窜出两条蛇，一条是眼镜蛇，一条是五步蛇，左右开弓，咬了他左右手。唐武跑下山来，大家送他去镇上的医院，半路上就不行了。老家的人说，唐武恨心太重，杀心太重，他是被老天提前收去了。唐武没生崽，只养了两女，长得也还俊俏，据说都不带腥，日子过得蛮好的。

红鸡蛋

窗外呼呼北风裹着雪花漫天飞扬，窗内熊熊灶火烘着棉被暖气洋洋，回到乡下老家，我重温拥被烤火的乡村生活，与父母拉着家常，聊着庄子里的人事物事，沉浸在温如春的气氛中。突然，笃笃笃的敲门声响起，母亲起身开门，一个扎羊角辫的小女孩伸进头来，继而扬起红扑扑的苹果脸，甜甜地喊："福奶奶，给您送红鸡蛋哩。"我一看，小姑娘肘里挎着一只竹篮子，装得满满的都是鲜红鲜红的鸡蛋，母亲招呼着："杉妹子，快进来烤烤火。"被称为杉妹子的小姑娘又是甜甜一笑："不啦，我还要去送蛋哩。"说着，侧身带上门，迈着欢快的步子踏雪而去，母亲说："杉妹子的嫂嫂生了个小宝宝，今天打三朝酒，送红鸡蛋哩。"

老家这个风俗，依然未改啊。

谁家有红喜，就送红糖果、红鸡蛋，这是我们老家的老风俗了。乡亲讨堂客、嫁女儿、满大寿、生宝宝，这些喜事，都要送全庄的喜，挨家挨户送，一户也不漏。讨堂客，多送糖果瓜子，用红纸包着，糖果瓜子还是新娘从家里带来的哩。新娘定了结婚日子后，要问问新郎村里有多少户人家，五保户算，单身汉算，刚分灶分户的也算，有多少户就准备多少份糖果瓜子，挨家挨户送“红盘茶”，那意思是：我是庄院里的人了，先以糖果瓜子见个面吧。嫁女儿，就由男家准备礼品，也多是糖果瓜子。满大寿就不同，送的多是饼干，圆圆如满月，四个六个八个，随寿星的家境而定。送红鸡蛋哩，都是生崽打三朝酒。自女儿肚子初腆，娘家就张罗着东家院子西家院子买鸡蛋，腌在坛子里，浸着盐，浸着八角五香，还浸着鲜红的朱丹，严严密密地腌半年。出坛之后，鸡蛋红艳艳，剥了红壳，那红清清亮亮地渗在蛋白里，咸里带香气，粉里带着隐隐酸味，看看闻闻，就叫人细口咬，舌尖舔，舍不得一口吞下去。

偷懒的岳母娘常常省了腌这一环，打三朝酒的前一夜，把鸡蛋煮熟，蛋壳上涂些红墨水，红倒是红，那味道就差远了。讲面子的娘家一般都不偷懒，都精心地腌红鸡蛋，到了打三朝酒那天，带着小舅子，挑着红皮竹箩，欢天喜地送到女婿家，宴席开到红辣椒炒杂碎下饭时分，就将红鸡蛋盛在红盘子里，挨桌端上，嘴馋的当下剥了慢慢品，顾家的就兜在袋里，留给家里人尝味。宴席之后，主家就一家一家两个四个地送，全庄院的一户也不漏。

这次，杉妹子送到我家的鸡蛋就是精心腌过的，有点粉，有点酸，有点香，有点甜，咸淡适口，不老不嫩，还有一点麻辣味，腌的功夫十分到家。母亲将它切成几小块，我们小口小口地咬，诸般味道留在齿颊间，好久好久，余味还在舌上。

小时候，我也多次送过糖，送过瓜子，送过红鸡蛋。侄子出生打三朝酒，母亲叫我去送红鸡蛋。母亲早就把院子里的人家数了，我却问："晒簟丘那户送吗？"晒簟丘那户是莲嫂，她与母亲曾为了替稻禾灌水骂了一架，一直结仇没搭话，所以，我们常不叫莲嫂，她住在晒簟丘那块田边，就称她晒簟丘那户。见我问，母亲头也没抬："送。"我又问："亭子端头那家送吗？"亭子端头那家叫英婶，她家的菜园子与我家的菜园子相接，有次挖土，英婶向我家这边多挖了两锄，母亲不让，反过来向她家多挖了两锄，两人狠吵了一回，因此我才问送不送。母亲说："告诉你了嘛，都送。"在乡下，田埂接连田埂，屋檐搭着屋檐，磕磕碰碰的，事情不少，东家长西家短的事情也蛮多，吵起架来，有时锣鼓铙钹一发响。可是在喜事降临的时候，谁都忘了恩仇，忘了纠葛，把自己的每一份喜悦都送给每家每户分享。

其实，又何止是喜悦呢。在乡村，一家有难，有苦，有悲，全村男女老少不管曾经有过什么是非，有过什么恩怨，都搁在一边，尽各自的一份力帮忙。记得有一次，我在水塘边玩，高兴过了头，不小心一脚掉了下去，小伙伴们全都傻了眼，晒簟丘的莲嫂正在那里锄辣椒土，听到扑通一声响，扔了锄头，没命地跑来。她一个女人家，从不识水性，前脚还没稳，却直往水里扑，啊噗啊噗地呛了好几口水，把我拉了上来。现在想来，也许是莲嫂天性中的那一份善良，也许是母亲叫我送那份红鸡蛋的回报，也许呢，同是一村人，同一种苦乐，哪会斤斤计较陈芝麻烂谷子的恩怨呢？

这就是乡情浓郁的乡村，这就是朴素淳厚的乡亲。

在外面奔波，尝过了许多炎凉世态，感受过许多是是非非，也体验过许多恩恩怨怨，回到乡村，才真切地觉得乡亲们有一颗至真至纯而透明澄澈的心。此次，我带妻儿回家，外面是呼呼的北风，风中夹雪，我烤着火，吃着杉妹子送来的红鸡蛋，身上与心里都热热乎乎。

霜华是一味

蒹葭苍苍，白露为霜。霜，养在乡晨人未识。唐朝温庭筠有一首霜诗，极得味：“鸡声茅店月，人迹板桥霜。”长亭外的游子读了，是要落泪的。

霜随形转，形塑霜状，板桥上的霜，毛茸茸的，有如蒲公英；蒹葭上的霜，圆圆的，有如鱼眼珠；而狗尾巴草一排排长在田埂或山脚，霜挂其上，便像极了撒上白粉的棒棒糖。张九龄写霜景是：“潦收沙衍出，霜降天宇晶。伏槛一长眺，津途多远情。”霜景正是天宇晶，霜降的那些早晨，高高低低的乡野，弯弯曲曲的乡野，是浅浅的白，是疏疏的白，是薄薄的白，是田田的白，绿白相间，黄白相间，不是山头厚雪，当算草间雾凇。

茄子是没得摘了喔。霜来了，乡亲们悠悠兴叹，这时节，绿色蔬菜退场了，南瓜早没了，冬瓜不见影了；辣椒坚持着，但也不开花了，结的辣椒也是前些日子的，前些日子结的，不葱茏，不舒展，辣椒们拢起袖，缩了脖，蜷了形。有俗语说的是，霜打的茄子。霜打后的茄子，个子小如老鼠仔不说，摸起来硬邦邦，吃起来也发苦了。

萝卜却是甜起来了，菜市场卖菜的大妈，嗓子亮得不行：“来来来，打霜了的萝卜呢。”霜前萝卜与霜后萝卜，外形并无不同，都一样长长圆圆，都一样白白胖胖。霜前萝卜，生嚼有一股辣味兼一股涩味，霜后萝卜便很甜了，便很脆了，这时候的萝卜不仅是蔬菜，也是水果，吃起来有梨子味。打霜的萝卜，里头汁水是脆脆甜甜的，用自来水煮萝卜，自来水也是微甜微甜的。霜，是萝卜的玉液琼浆，是莱菔的春风雨露。

红薯也是霜后佳。霜前红薯也是邦硬，蒸也好，煮也好，或是烤也好，粉是粉的，粉中有点涩，不经藏。要让红薯保存到来年，得霜降前挖红薯。老家屋里，多在客厅里，挖一个大窖，一人多高，双手之宽，深深邃邃，四四方方。平时是空的，到了秋冬，满了，窖里全堆满了红薯。乡亲们像是蚂蚁，秋天从土里挖来红薯，全藏起来，过冬。

风雪日子，那一窖红薯，便是一屋子的幸福。风雪夜，人都归了，一家子坐在火炉边，火炉上架了四方桌，桌上铺展了印花被。不知谁嚷了一声，饿。娘便翻开一块木板盖，从窖里拿出两三个红薯，铁筛子上盖木板，焖烤红薯，鼓鼓的香，汩汩的香，也是满耳咕咕的香。若说粮食香，没什么香过烤红薯。

乡亲们猫冬的日子，红薯是深冬里的美味。冰寒雪冻，窖设正屋，正正好。围炉话桑麻，想吃夜宵了，不用去山脚窖里，伸一脚，便拿了红薯来烤；到了初春，红薯日渐见底，须得跳下去才捡得上。我姐曾害过我一回，她怂恿我去捡红薯来烤，待我跳了窖去，她不伸手拉我，还把木板盖了："把红领巾给我，我就拉你上来。"读了好几年书，我没戴过红领巾，便偷了姐的，学校里，家里，村子里，是不敢戴的，放牛山上去，才戴着向山麻雀们显摆。我姐早知是我干的，骂我也不给她，哭我也不给她，她便想出这个绝招，我招了。

霜后红薯，不经收，容易坏的。现在，我姐总要留一块红薯土，不到霜降不去惊动红薯们。好大的霜啊！夜来天气冷，要盖七八斤重的被子了，赶早起来，冷得打战，便见田野里白了。便有人喊，好大一蔸霜！霜华论蔸，大概早已秋收，稻田里只剩一行行禾蔸了吧。霜落芨芨草，一根霜；霜落稻草蔸，一蔸霜。秋黄世界，冬灰天宇，着了芦花白，着了雪花白，白绒绒了，白晶晶了。

好大一蔸霜啊！便要开挖红丘陵里那块最后的红薯土了。太阳出来，霜华隐去，土里，到底凉了，挖出红薯，剥着红薯身上的土，手都冻僵了。红薯好吃呢，浑身来劲。霜前红薯，如嚼铁砣，有些夸张，如嚼木头，却是写实；霜后红薯，松了，脆了，软了，甜了，生吃出味，熟吃味出。

霜后红薯，上锅蒸着，锅边上都结着红色一团，如牛皮糖，刮了，手拿着黏黏糯糯，送往嘴唇，甜甜如蜜。霜前红薯，切一条条烤，烤得四面黄，却是硬邦邦的，不如木棍，吃它，费好大牙齿劲。霜后红薯，一个个烤熟，筷子搛上都两头闪，软如面团，甜如柿子；卖相也佳，老红老红的，糯糯条条的。

很多年了，我姐和我妹，秋收那会，田野与山头，庄稼都收得干干净净，却都留着一块红薯土。霜后，收了红薯，洗净，晒干，烘烤，密封，制作红薯干，一袋袋装着，天天问拟上城者，托其带给我。晨起上班，堂客煮面，吃了，肚子是饱了，舌尖没饱，便随手拿几根红薯干，路上嚼，嚼，嚼味。嚼之味，那是绝味。

霜华不只是冷味，也是甜味，白菜也是借了霜，滋味从此悠长。白菜先前，多是青菜吧，叶叶舒展，蔸蔸青绿。白菜们只顾着舒枝展叶，待到霜来了，雪来了，白菜内向起来了，注重内里品质了，注重味道提炼了。霜里拔莌白菜来，雪里挖莌白菜来，搁砧板上切，响声都脆很多，炒起来白菜水分足得很，入口更是甜丝丝的。

不只霜华，比如阳光，比如雨水，都是一味。今年阳光足，橘子甜呢；今年雨水足，梨子脆呢。别说大铁锅翻炒出味，大自然更是蒸馏有道。把佳肴弄出味的，不是厨师，不是柴米油盐，而是老天，厨师出小味，老天酿大味，其以风雨霜雪，调和鼎鼐，烹制万千人间美味。

一叶二叶三叶牛百叶

常有人问我："牛哥，你老家有什么特产?"牛哥家乡有什么特产?特产是坪上牛肚。我所居的这城，开饭馆的，多推招牌菜为坪上牛肚。曾到省城乱逛，见几条巷口，打起横幅，横起牌匾，店名起的是：正宗坪上牛肚。牛哥车船下燕州，京都王气不曾收，进得某胡同，店家虽小，霸气不怯场，店名叫：坪上牛肚王。

坪上牛肚，是系列菜。牛身上的，无一不可入菜，牛心牛肝，牛肠牛筋，带皮牛肉，都是别一种炒制，别一样风味，是其他地方做不出来的。我所居之城，离我老家百十里，店家掌门大厨，壮志自举，豪情奋勇，不信东风唤不回，不信牛肚做不来，其所仗者，是离坪上近，坪上牛肚飘过来的香气，舌辨鼻别，香气分子都分析出来了，哪有做不出来的？牛肚是那个牛肚，锅子是那个锅子，作料是那个作料，炒了出来呢，好家伙，牙齿如铲，铲不烂牛百叶，得舌间安装搅拌机，方可细嚼慢咽，咽入腹中。

牛有四胃，谓瘤胃，谓网胃，谓重瓣胃，谓皱胃，都是可以入菜的。牛百叶者，牛之重瓣胃也，其形如一板厚宣纸，内壁有书页状的褶，故叫牛百叶。将其切细长条，架起小锅，生起猛火——火一定要猛啊（炒牛百叶可不是女人绣花、文人踱步吟诗），待锅里之油翻滚如沸，将牛百叶倒入锅中，油比火猛，手比油快，出锅。一道美味，大功告成。

坪上牛百叶，只翻三叶。猛火催猪油，猪油恰沸腾，牛百叶入锅，炒一个翻身，这叫翻一叶（页）；再将锅里牛百叶翻一次身，加辣椒，加姜丝，加大蒜，这叫第二叶；第三次翻身而炒，加盐，加山胡椒。坪上牛百叶，自投入油锅计数，只翻三叶。这般炒出来的牛百叶，便嫩，便脆，便爽，便香，便辣，便润，便纯，便甜，一口下去，牙齿咬得嘣嘣响，碎碎响，沙沙响。不识此间三叶翻者，总感觉牛百叶没炒熟，一而再，再而三，再三再四，翻过来覆过去，炒过来炒过去，炒老了，一道佳肴牛百叶，再也咬不烂。

掌握了火候，便掌握了牛百叶？淮系，川系，鲁系，粤系，万般美味，都爱说刀法、火候。刀法不对，味道便不对；火候不准，味道便不准。坪上牛百叶者，当然要讲刀法，讲火候，其出味者，另有秘诀在，那是洗法。牛百叶，牛之胃焉，里头含草，草变消化物，尤其那千百突触，黑乎乎的，让人总以为不干净。搓，搓，搓，更有不知味的，用刀刨，刨，刨，把牛百叶上之突触铲除殆尽。洗是洗干净了，味道也是全洗尽了。

老家佳肴，常让外来人讶怪，吃泥蛙不剥皮，吃泥鳅不破膛，他人视我等为生吞活剥，茹毛饮血，他们不晓得美味之美，多美在原生态，人工之工做多了，失去了食物之本来鲜味。坪上洗牛肚，不死洗，活洗，什么意思？就是不往死水里洗，一块鲜的牛百叶弄来，不往塘水洗，往小溪里洗，塘水是死水，溪水是活水。溪水里一漂，二漂，三漂，出水，不用洗得太狠。洗，一漂，对应，炒，一翻；洗，二漂，对应，炒，二翻；洗，三漂，对应，炒，三翻。要言之，牛百叶讲究的是鲜活，是简单，是食物之本来质地与韵味。

乡村的菜柜

乡村没有菜柜，没有冰箱。

乡村的菜柜在菜园子里，在山旮旯里；乡村的冰箱在水塘里，在泥田里。

在菜园子里，红的辣椒、紫的茄子、长胖的冬瓜、肥圆的南瓜、吊线线的豆角、结籽籽的青豆，都在菜园子里贮存着。卖冰箱的广告说：××冰箱最保鲜。谁有菜园子保鲜呢？红辣椒泛红光，青辣椒泛青光，苦瓜挂在瓜棚架上，十天半月都活生生、青亮亮。每个早晨挎着篮子走进园子里，紫茄子上好像镀了一层紫光粉，紫得发红哩；柳条条似的豆角千挂万挂，千条万条，都那么水灵灵，那么光鲜鲜，一滴晶莹的露珠缀在尖角上，呵一口气，啪的一声，倏然掉在宽阔圆垂的芋头叶上，惊醒满园翠绿的早晨，惊动芋头叶上无数的小露珠，它们迅速跑到芋叶的嘴窝窝处，向左荡荡，向右漾漾，轻轻地把芋叶摇得像梦幻中的一叶小舟。晨光就是那么鲜。

卖冰箱的又说，冰箱可保温哩，可制冷的。你看菜园子里，保温的是日光，太阳喜洋洋地爬上来了，冬瓜上密密的茸毛都粘糯着阳光，摸上去又痒又温；滑溜溜的南瓜吸吮着缕缕光色，醉得像太阳，看上去眼睛都热络着哩。制冷的，当然是夜色，每一纱夜色都洇着凉意，太阳刚落山，第一缕夜色就从西山里面的林子里抽纱一般地抽了出来，从西向东织呀织，有一纱夜色从脊背上穿摆而过，脊背上就生发出若有若无的习习凉意。当夜色把天空织满，把菜园子封窖着，整个菜园子都在制冷了，待到第二天早晨去摘菜，会感到手指尖上、掌心窝里，沁凉如丝，凉爽如滑，冷而不冰，凉而不寒，哪像从冰箱里摸出来的都是冰坨坨呢？

乡村的菜园子是神奇的宝库，不比城里的冰箱。城里的冰箱呀，不进就没有出，不买些菜放到里头去，里面就是空的。菜园子呢，它常常能够无中生有，变戏法似的，耍魔术似的，意念搬物似的，明明前几天摘了个干净，可是，一场雨落下来，一帘夜色罩下来，嘿，又有了，又见辣椒翘，又见豆角吊，又见韭菜迎风摇，又见红扑扑的西红柿带着露珠笑。

城里的店小二招徕客人，常常是脸上展满神采地吆喝：“新鲜着哪，刚从市场里买来的。”乡村呢，是刚从藤上摘下来的呢，茬口还漾着汁呢。客来了，乡亲说，你坐坐，我出去就来。乡亲把锅子架在灶上，挎着篮子就出门了。水刚刚烧开，清清亮亮的菜就摘来了，红的绿的圆的扁的，洗了，是山泉洗的，煮了，是井水煮的，哪比自来水。有股氯气味呢？菜鲜汤甜，入了肚子里，冒出来的口气都是清新的。

蔬菜是这么鲜，荤菜也鲜着哩。乡村离镇远，只有大清早才有一两个屠户挑着篮子卖肉；贵客来得不是时候，也可吃荤尝腥。荤更鲜呢！贵客来了，乡亲便在院子里咯咯咯、嘎嘎嘎地呼唤鸡鸭，鸡鸭们围拢来，乡亲抓住其中一只肥壮的、不爱下蛋的、没喂过一粒催生催长激素的正宗土鸡或土鸭，三下五除二，褪了毛，切些姜，剥了蒜，或炒或熘，或蒸或煮，端上桌来。没有鸡鸭，或者鸡鸭正在生蛋，婶娘嫂子们就说：“去塘里拿鱼吧。”黑皮汉子就肩掮一口罾，脚丫子咚咚踩踏在青石桥上了。贵客茶还没喝完，活蹦乱跳的草鱼、肥壮鼓腹的鲤鱼或者巴掌长的鲫鱼就到缸里养着了，在水桶里甩尾巴了。要是家里连鱼塘也没有，那么招待客人的荤菜就在泥水田了，就在淙淙溪涧里了。黑皮汉子或者青皮后生不待招呼，客一进屋，他在腰上系个篓子，就出了门。手拙一点的，一会儿工夫，便拣了满满一篓子田螺河蚌；手灵一点的，带回来的是呆头呆脑的螃蟹，或是滑溜溜的黄鳝泥鳅。乡村，靠土养人，靠水养人，靠天高地厚的大自然养人。

是的，大自然天高地厚啊！天对乡村高看一眼，地对乡村厚爱一层。乡村没有菜柜，乡村的菜柜幕天席地，是山，是土，是田，是一片原野；乡村没有冰箱，乡村的冰箱星罗棋布，是沟，是溪，是塘，是一汪江湖；乡村没有菜市场，乡村的菜市场就在院子里，就在院子外。城里到菜市场买菜，给钱就有，乡村呢，动脚就有，动手就有。乡村的生活也许少钱帮忙，可乡村的生活有阳光帮忙，有地气帮忙，有富蕴阳光与地气的苍天帮忙。乡村生活也许比较清苦，但乡亲依然把生活过得有滋有味，过得活色生香。

葱拌豆腐渣

豆腐是最为常见的一道家常菜，我小时候却也不易得，十天半月难得吃一餐。我们村里有三四百口人，只有香莲婶一家打豆腐，一天打那么一两桌，按说是不愁卖的，然而“豆腐西施”的生意很难做，这一两桌豆腐一大早挑出去，上十里下十里要转悠十来个村子才卖得完。我娘常要等我们兄弟吵得不耐烦了，才去买半块豆腐，用菜油煎得两面略黄，色形像肥肉，对于我们，这委实是一次牙祭。

香莲婶的豆腐很难卖，但豆腐渣却十分俏，十天半月就要预订，到时说不定又被人家顶了去。豆腐渣便宜，两三毛钱可买一盘，腌在坛子里，吃得一个阳春，味道不比豆腐差，甚至比豆腐更易送饭。父亲常常训我们：“吃饭就吃饭，要拌什么菜？塞填肚子就行了。”父亲常是不吃菜的，一个红薯，一碗糙米饭，嘴巴一张一合，就下了肚。我们做不到，没有菜，那红薯、米饭就回旋在口里，不落喉，落了喉也卡在喉结那地方不进胃，得像鹅一样抻脖子，有了咸辣的菜就很不一样，再糙的饭也直往肚里窜。因此，煎豆腐难吃上，豆腐渣也是一种渴望与向往。我们家豆腐渣还是有得吃的，这得感谢蛮姨，母亲的姐妹有七八个，关系最好的、走得最勤的就是蛮姨。蛮姨嫁在离我们家只有十来里路的金竹山煤矿，她在矿里的豆腐作坊里做临时工，时不时带几块豆腐来，当然这不能满足我们的胃口，能完全满足的是豆腐渣，几乎要多少就可以带多少。

新豆腐渣不好吃，粗粝涩舌，寡淡如木屑，还有股豆腥气，即或加油加葱加姜丝加辣椒，也不大好咽，它毕竟是菜之渣滓。而其腌了之后，情形大为改观。母亲专备了两三只坛子，每次蛮姨送来豆腐渣，母亲就将其抟成一个个橘子似的团团，置于阴潮地方，过那么三五天，待它长出了白绒绒的须发，就将它们层层叠叠地腌在坛子里。母亲伺候很是殷勤，隔那么一阵子，将坛子沟沿里的水换掉，使之始终漾着一股清水，任由豆腐渣在其中发酵。夜里睡在满是菜坛子的房里，常常听到“咕”的一声，又“咕”的一声，接着是“咕咕咕”的声音，母亲说：“豆腐渣在呼气哩。”豆腐渣刚呼气时，闻不到什么味，呼多了，便有一次比一次浓郁的坛香随“咕”声而逸，还夹着淡淡的酸味与闲散的腌气，这就意味着可以掀盖了。抓出一把来，若豆腐渣已变灰褐，说明腌过了头，炒后将是酸胜于香；若是豆腐渣微微带黄，说明腌得恰到好处，有点醇，有点辛，有点甜，有点香，香甜胜于辛酸。

我家对门的菜园子里，专辟了一块地种葱，这种中空圆筒的草本植物，不需什么照料，就能像草一般地长，因得母亲爱护，长得更加茂盛、稠密、翠绿而且葱茏。这一茬摘下来，一场雨水，那一茬又蓬蓬勃勃了。刚摘下来，可以看到在断口处有一滴清亮而油腻的汁液，那就是香汁，香油似的，摸上去很黏手，闻起来馥香直沁胃肠，这是蒜比不上的。蒜也很香，但蒜香有点刺鼻，炒起来还很干涩，用蒜炒的豆腐渣，总觉得味道不如葱炒得纯正与醇厚，而且吃后嗝出的气带有一种蒜臭，葱就没有，葱炒的豆腐渣吃后齿颊留香，呵气也飘逸淡香。

香气更浓的是野葱。野葱比家葱个小，但青绿如翠，尤其香。在屋背后的石山里，它们夹杂于野草中随处生长。那时我每天都牧牛，把牛牵到山里头，放它满山坡吃草，我们这些牧童，挎着一只竹篮子，扯猪草一般地扯野葱，不上多少时分，就是满满的一筐，大多数卖掉，余下的，就将它做作料。不用说，最多的是炒豆腐渣。切一小把野葱，和在豆腐渣里，放在锅子里热炒，那香气升腾上来，满屋子缭绕，更兼母亲喜欢放红辣椒，微黄中彰显青翠，青翠中亮耀着点点红星，色泽十分诱人；吃起来也很爽口，让人胃口大开。只是听说野葱有点毒性，不能多放，在这点上，它比不上家葱。

后来生活有所好转，豆腐渣吃得越来越少，蛮姨还是常给我们送，多半被母亲拿去喂猪，母亲说："豆腐渣发膘。"这可能也是，我小时候长得算是高的，初中考师范时，个子在班上还算"出头"，不知为啥，师范三年长得没几个厘米，至今是个"二等残废"，不知是不是没吃豆腐渣的缘故。此后，豆腐渣确实很少吃，好像有好几年没有尝过，现在偶尔炒一顿葱拌腌豆渣，觉得也是难得的美味。过去，没什么东西可吃，它是美味，现在什么东西万千吃，它也是美味。生活的味道大抵如此。

煨 蟹

蟹是长存于舌的一道至美之味。文人食前为之满口生津、食后又津津乐道者多矣。清朝李渔，自称以蟹为命："每岁于蟹之未出时，即储钱以待，因家人笑予以蟹为命，即自呼其钱为买命钱。"李渔癖蟹，九十月蟹上市，呼其季节为"蟹秋"。又"虑其易尽而难继，又命家人涤瓮酿酒，以便糟之醉之之用。糟名蟹糟，酒名蟹酿，瓮名蟹瓮"。其有一婢女，善于事蟹，李渔则昵称为"蟹奴"。晋有毕卓者，以人生中有蟹而满足：右手持酒杯，左手持蟹螯，拍浮酒池中，便足了一生矣。现代梁实秋先生对蟹亦情有独钟，专作《蟹》文，博引旁征，将蟹味说得让人含唾生津。陆文夫、林语堂、贾平凹诸辈，皆不避"黄鹤题诗在上头"，明知前人对蟹之述备矣，也情不自禁"食"

人牙慧，作文作记，蟹诱人之如此。

梁实秋先生说见过店小二活吃螃蟹，叙述得声情并茂，如在目前：“他取来一只河蟹，两指掐住蟹匡，任它双螯乱舞，轻轻把脐掰开，咔嚓一声把蟹壳揭开，然后扯碎入口大嚼。看的人无不心惊。”看的人心惊，读的人也心惊哩。吃蟹极讲究也极有心得者，当属李渔，李渔说蟹不可为羹：“以之为羹者，鲜则鲜矣，然蟹之美质何在?”李渔说蟹也不可作脍：“以之为脍者，腻则腻矣，而蟹之真味不存。”李渔尤厌“断为两截，和油、盐、豆粉而煎之”，说这样就“使蟹之色、蟹之香与蟹之真味全失”。怎样食才有味呢？李渔说：“凡食蟹者，只合全其故体，蒸而熟之，贮以冰盘，列之几上，听客自取自食。”李渔是文人士大夫，有资格有条件做绅士，是谓有闲又有钱，然其吃法雅则雅矣，美则美矣，惜乎与我们这些引车卖浆者不太相干，只能清赏其文字中之蟹味矣。

在一些夜宵摊子上，有那么三五次友呼朋唤，右手持酒杯，左手持蟹螯，吃过几回蟹。可惜都是李渔谓之的恶吃法，都是“油盐豆粉”以及朝天辣椒“煎之者”，味道也实如李渔所言：“蟹之色、蟹之香与蟹之真味全失”。蟹色、蟹香、蟹味全在者，我也曾吃过，不过不是李渔所说的“蒸而熟之”，乃是煨而食之。

老家不远处有条小涧，小涧窄小，一根扁担可架两岸，水很清浅，仅没脚背，溪涧中乱石杂陈，四五月，阳光转夏，赤脚可入水。斯时也，正谓之青黄不接，陈粮告罄，新谷尚未抽穗，拌饭的菜哩，也是荤蔬不继，杀的年猪而熏成的腊肉，只剩那么一两块，预备着走亲戚用的，新鲜蔬菜也正是断档。童年的我们因此到处寻觅食物，山里掏鸟窝捉麻雀，田里摸田螺捉泥鳅，河里踩河蚌钓河鱼，溪涧里则是捞虾米翻螃蟹。捉泥鳅捕鸟雀是技术活，娘说我是不带腥味，每次去几乎都是空手而归，而摸田螺与捉螃蟹则“十分在行”，十拿九稳。从五月到十月，从初夏到深秋，只要季节许人打赤脚，我便到田里摸田螺，到溪涧捉螃蟹。螃蟹斯时爱出洞，常伏于涧中之石块下，只须逆流而上（顺流而下易浊水也），一块块将石头搬移，就常有螃蟹露身，见之出手，手到擒来。溪涧中螃蟹甚多，翻捡十几二十块石头，就有一两只入竹篓，故而一个上午或下午，捉餐把两餐螃蟹不太费力。

煮、炒螃蟹，吃得多，有点反胃。反胃亦吃，菜之功能，于其时，全不在美食，全在下饭。偶尔也曾煨食之。这方法是我娘告诉我的，我娘奖我捉蟹有功，就从竹篓里掏回一两只犒劳我。我娘在火红火红的柴火灰里扒一个小穴，把活生生的螃蟹丢入里头，就像煨红薯煨板栗煨花生，听得爆栗作响一两分钟，将螃蟹扒出来，此时的蟹壳黄脆，用手一揭，蟹壳脆然脱落，其中蟹黄蟹肉，色泽欲变未变，蟹膏未曾硬块，晃荡晃荡，热气腾腾，置于唇边，吸溜一口，软乎乎又热乎乎，鲜乎乎又嫩乎乎，腻乎乎又滑乎乎。惜乎蟹肉太少，不知是因为太滑腻之故，还是太肚饿之故，蟹肉在唇间打个转身，仿佛未曾经舌，瞬间落喉入肚，恍如一马过隙，一鸟过窗，马姿莫辨，只见马影；鸟像不见，只剩鸟声，舌见之蟹味，如鸟影如马声，只留幻味。尤在舌尖至喉间，那蟹肉划过之处，有一条若有若无的痕迹，使人觉得好像吃过蟹肉，又好像未曾吃过。最有味的还有蟹足，小时候不知味，常吃了蟹黄即扔了蟹，其实蟹足里的肉更出味，用牙齿一嗑，蟹足壳里有蟹肉宛然，其状如蚕，丰肥圆美，似膏似泽，更鲜更滑，食之，滋味久久，香留齿颊不去。

螃蟹可煨也可烤，烤时又别有味道。将螃蟹剥壳，搭铁钳上，置炭火中，在蟹膏里加油搁盐，烤它三五分钟，油盐漫渗膏泽，既有油盐佐美，又不失蟹之本味，味道如何？此中有真“味”，欲辨已忘言。然则烤蟹之美味，我娘不容许，非为别的，只因为如此食蟹，要费油盐。当时节，我家油盐甚缺，尤其是油，我家宰杀的年猪本不肥大，为得些现钱，年猪一杀就卖去四分之三，只剩半脚一腿，炼油甚少，不足一坛。这一坛油，要从年头吃到年尾，我娘格外珍惜，一日三餐滴油如金，哪里容得我吃零食浪费猪油呢？烤蟹吃得少，煨蟹相对多一点。

庚子立夏
鄭珊

鸡蛋腌在坛子里，浸着盐，浸着八角五香，还浸着鲜红的朱丹，严严密密地腌半年，出坛之后，鸡蛋红艳艳的。

佛系地芥菜

故人具土鸡，邀我至龙溪。绿竹村边罩，青山天外直。

故人新酿了一种酒，深山更深处，百分之百生态米酿的，来咯来咯，米含硒，更含肽，清甜入口，不上头。我晓得硒能长寿，肽是何意？春来天欲美，能饮一杯无？我一杯也不能饮，二十年来，滴酒不曾沾唇，葡萄美酒夜光杯，欲饮琵琶马上摧——酒常常摧毁我神经，倒地便睡，呼呼长醉不复醒。不复醒？多好的事！不行呢，我堂客给我采撷了地芥菜，费心制了蒸饺子呢。

故人本来真邀我去喝酒的，他从老家捉来一只土鸡，到店家煮了佐酒，酒水难入我怀，山水最入我心。恰是主人能骗客，且认深山是故乡。主人说了，他的肽酒，是下源深山之米做原料，深山之水做玉液。那就去深山，寻水之源，寻肽之米。下源是敝县高原之地，原来独立成乡，现辖归敝县龙溪铺镇。山深林密，足可做清梦之寄，惜乎我从没游历，若在此地坎坎伐竹兮，造栋二层小竹屋，春花开，夏风凉，秋风起，携美妻，每月小居一星期，侣鱼虾而友山鸡，再喊神仙下象棋，那可是南面王不易。

果然好山，果然好水，愈往山水深处，山越青，水越绿。山上树多竹更多，东坡先生说了，无竹令人俗，反之，有竹令人雅了嘛，俗如我者，清风吹绿竹，一遍遍吹，也把我这个俗物吹得附庸风雅了吧。

那山青得好看，那水绿得漂亮。水流鹅卵石，活泼泼有如鱼翻跃，青脊面，蛮调皮，鹅卵石打个滚，翻个鱼肚白，吸你睛，亮你眼；水伏小湾潭，清幽幽，竹倒影，水沉静，一只小鸟啾啾一声叫，水面圆圈轻轻漾动。深山深处小溪流、小石潭，把眼睛养得活泼泼、清亮亮，山水间走一遭，行将枯涩的眼睛也泛起青来、转起睛来，游目骋怀，左顾右盼，复活了。

堂客戴着深度近视眼镜，也是青山绿水清洗之故？突然间心明眼亮了。到得山尽头，错了，是人尽头，堂客那眼贼亮了。我问大娘，里面还有人住吗？大娘笑，大娘爱笑，大娘一脸笑，说，没有了。山外有青山，人外再无人，大娘说她是这山头最尽头人家。我有一搭没一搭，与山居大娘乱扯桑麻。堂客眼尖得很，惊叫一声：地芥菜。她或是真个惊讶，再补了一句：地芥菜。

时候正是初春，深山春光润如酥，草色遥看近却无，山深处，春天总是来得晚一些的，地芥菜却是等不及了，绿油油，清幽幽，铺满一地，让我堂客大为惊喜。堂客卷了一下衣角，提了一下裙子，蹲下身去，纤纤玉手做林黛玉那把小锄头，自然不是葬花，而是挖菜，挖地芥菜。一手作锄头，扯一蔸，甩一甩，甩掉沾根小泥；一手当竹篮，握一把，捋一捋，便将造物主之所有，拿来归了自己。

地芥菜者，敝地所称，搁普通话，便是荠菜；荠菜或是全国人民都爱吃的。荠菜二两，水煎服，治痢疾；荠菜一两，蜜枣一两，水煎服，治内伤吐血；荠菜根，捣绞取汁，以点目中，治暴赤眼……

大娘本与我闲扯的，见我堂客在挖地芥菜，喊叫起来：妹子妹子，莫挖，莫手挖，等等咯。堂客以为这一地地芥菜是大娘所种，纵或非大娘所种，也是归大娘所有，这一山之青山，这一水之绿水，自是这一地之主人所有，丝毫也不归属我等过山客。我堂客吓着了，缩了手，停工了。未几，但见大娘转身回屋，提了一把铁锄，一锄锄挖。噢，大娘是心疼我堂客那小手做锄头呢。大娘对我堂客说，你待着去，我给你挖吧。大娘说，这地芥菜好呢，阳光照，雨露润。地芥菜，阴地生，阳光地更生。阴地生的，营养没那么好，阳光地生的，营养足。转眼瞧去，满地地芥菜，都生在百年竹木屋前，阶前小坪上，春日暖暖阳光照得正好，绿油油叶片上，泛着春日红红白白好阳光。

我对种菜、扯菜、煮菜没多大兴趣，菜事都是堂客事。大娘替我堂客挖地芥菜，我眼睛乱瞟了去，忽见大娘屋前摆了一件铁笼子，铁笼子里乱草遮盖，里头瑟瑟动，呀，有只小动物关在里头呢。小家伙毛发银白相杂，细细密密，看去，毛发真软。那嘴唇，粉嫩嫩的，红扑扑的。它有多大？兔不是野兔，鸡不是山鸡，猪不是野猪仔。是什么？让人吃惊，大娘告之，是竹鼠。

竹鼠？罪过罪过。也曾几次，旧雨新朋讲客气，邀我去店家，其中点的一道菜，便是竹鼠，竹鼠皮厚，肉嫩，人间野味，曾做我下肚物。吃过，未曾见过，不承想，下源这个深山深处，见到了真物真形。竹鼠蛮贵，一盘竹鼠，店家那里，值千把块呢。

竹鼠？这回轮到了我亲家惊讶。亲家姓何，名翠清；二十余年前，我家居县城某校，堂客恰与之同事，何老师便要与我堂客结亲家，她生的是娇女儿，我生的是女公子，结什么亲家？没想到何老师是认真的，她提着酒，放起鞭炮，结亲家来了。二十多年过去，便一直以亲家相亲近、相往来，这回肽酒之约，青山之行，绿水之游，便是何老师当中介的。何亲家见了竹鼠，惊叫声不曾响彻云霄，却是响颤心尖：大娘，您怎么能把竹鼠也捉了？

何老师惊叫声颤，眼泪随声在眼眶里转：大娘，竹鼠值多少钱？

大娘不明其意，曰：百块钱一斤，这只两斤多，两三百块钱。

两百，我给买了，大娘您马上放了，行不？

哪行呢？竹鼠捉来，好难。竹鼠打洞，打半里路，我老公挖了一天洞，才挖得的。

大娘，您这是要挑山外卖的吧，卖给我，不一样？

大娘不出声，我出声了：何老师，你永远都管不了这般事。这只竹鼠，你放生了，下一只，你如何见，你如何买，你如何放？

我不管，这只我见到了，我就要放生。

大娘沉默了半晌，答应了何老师。

大娘抱着铁笼子，往对面竹林走。一起越过阶檐，越过田埂，越过小溪，众生护着竹鼠，让其回归自在山林。

山路崎岖，山边多荆棘，何老师委托我当监督员，她远远目送，放生竹鼠。

大娘哪要什么监督呢？大娘碎碎语：远走点喔，莫再让我家老公看到了。到了竹林边，大娘打开笼子，竹鼠逡巡复逡巡，一跃，跃过铁门，钻进灌木丛，直往山上钻去；钻到一处没落叶的空阔地，竹鼠回了一下眸，眼睛亮亮，似有泪花闪过。灌木丛丛，落叶片片，一晃，窸窸窣窣穿木过叶的声音，都无了。竹鼠消声，竹鼠消影。

抬头望，百山高耸，万竹葱茏。

回程路上，我时不时回头，深山深处的大娘，还见其影，竹鼠再也无寻。只在此山中，竹深不知处——人不知其处，便是最好处。

堂客回到家，将地芥菜洗净，切碎，包了饺子。堂客不放肉，饺子馅唯有荠菜——饺子包的是佛性素心。

荠菜里是好营养，营养养身；素食里是好素心，素心养心。

怪哉之虫茶

湖南城步有个长安营，居于僻远之深山，深山自然有老林，老林自然有清水，山水俱备，自然有风景。当今遍地皆是风景，单有风景也就不足为奇；长安营之乡，一村一族，一族一俗，此村为汉，彼村为侗，上院为满，下院为苗，民族独立为院落，又交通为乡邻，风物独具又融洽贯通，自然也就风情特出。此地有风景有风情还有风物，按道理说，当成游人如织之胜地。然而不然，斯养在深闺，门户稀开，犹似村姑，静如处子；虽美其名曰欲以旅游立乡，然旅游设施皆乏，这不，我们一行四五十人，夜宿此地，简陋的乡属招待所容不下众客，只好到老乡家里自寻安宿。

我所寻宿的老乡是侗家汉子，住的是吊脚楼，楼除青瓦之外，皆是木板，木板空灵，走上去橐橐成韵，饶有余音。主人十分热情，一进门就端了茶来，茶色十分殷红，了无渣滓，喝了下去，清香留舌，我甚是讶异，茶入茶杯，皆有茶叶存焉，此茶却如雪落温泉，盐融汤汁，有中化无，形化无状，只是一杯白开水，顿时一片殷红。

一杯喝完，我自个儿到竹筒罐子里去取茶，又是一讶。茶皆叶也，或卷或团，展开可见叶形，可察叶脉，哪怕是“银尖类”茶，总归是树叶模样，此茶呢，皆是粒，粒粒颗颗，如油菜籽，如山胡椒，一捻，成为粉末，与叶无半点牵涉，忙问主人：“此为何茶?”主人答曰：“虫茶。”主人告我：此茶采自深山，并非茶树所生之茶叶，而是隶属灌木的三叶海棠。长安营之山之岭，遍生海棠，每年谷雨时节，村汉村姑皆上山采撷，成篓成筐地担回家中，然后倒进木桶或竹筐中贮存，不揉也不挠，不晒也不熏，就那么严封密罩地捂着。山中气候湿润，水汽氤氲，所谓纵使晴明无雨色，入山深处亦沾衣，因其湿湿春气，便易生虫，久之，虫作茧成蛾，蛾羽化为蝶，剩留的，便是茶了。清末光绪年间所修的《城步乡土志》载：“茶有八峒茶，略可采用。亦有茶虽粗恶，置之旧笼，一二年或数年，茶悉化为虫，余名曰虫茶。收贮经久，大能消痰化气。”

夜间与主人坐，以茶当酒，谈兴无边，人情掌故，风物景观，问答往来，比往常游名山大刹胜意多多，惬情多多，始知山不在高，有仙则灵，游不在奢华，有味道则行。主人将茶置于桌上，殷勤撮茶，一口又一口，一杯又一杯，其间几上轮回之所，肚内污浊泄排一空，肠胃间皆虫茶之茶水，脏腑清冽，那乘车数百里颠簸十余小时的疲意倦气悉被洗涤，眉宇间神清气爽，聊至子夜犹不思眠。

次日起来，意犹未尽，尚生疑团于心，《城步乡土志》所志："茶悉化为虫。"语焉不详，茶化为虫？听起来怎么像神话呢？主人所言：虫蛾化蝶，所留为茶，此话也暧昧不明，虫蛾在海棠叶堆中滞留之后，留下了什么成茶呢？难道虫子从叶上爬过了一遭，就揉搓成茶了？

我以此献疑于主人，主人抿嘴而笑，笑中十分神秘，主人愈笑，我愈追问不止，主人拗不过，说：昨夜，我确实留了话在肚中没说，一说，生怕你喝不下去了，此茶非叶，而是虫之屎。海棠叶采回，捂在桶中，数月之后，桶中生虫，虫子体圆无毛，乌黑发亮，密密麻麻，遍桶皆是，如蚕食桑。经月余，叶子被虫蚕食光尽，仅留叶柄。物皆如此，有进则有出，有食则有遗，虫子食的是叶，排的是屎。待虫成蛾化蝶而去，桶里箩里都是虫屎，虫屎圆圆，颗颗粒粒，黑黑褐褐，以竹筛筛之，筛出来的便是虫茶。虫茶，既非茶叶，亦非虫子，乃是虫子蚕食茶叶之后的排泄物。此茶打听下来有点恶心，县志上所谓“有茶虽粗恶”，粗恶两字初读不知其意，听闻其制作，才晓得其有所指，这仿佛长沙臭豆腐，闻着臭，看着丑，吃着却香。主人说：先生爱虫茶，喝就是了，莫问来历与出处。

听得主人此言，心中确乎不太舒服，然而喝着又割舍不下。主人还讲，此茶还是贡茶哩。清代长安营之官僚，为献媚皇上，常以此茶孝奉，谓之“长安贡茶”。李时珍之《本草纲目》也曾记载：“此茶装笼内蛀虫也，取其屎用。”今人说此茶功用甚广甚巨，谓其清凉生津，去热消暑，清心提神，明目益思，解毒消肿，诸般功能，集于一身。来历既奇，效力且神，该是稀而且贵的吧。我问主人此茶多少钱一斤，主人说，不贵，就十五元。我忙掏钱欲购，主人说，我们这里不怎么卖，你喜欢，我送你一些吧。主人送了我一小包，怎么都不肯收钱，此地游人虽少，然开发亦有多年，常有游人游焉，而其商品意识依然如此淡漠，古风依旧如此纯朴，真是可叹。

我也不再推拒，欣欣然收了虫茶归。每渴，置十几粒虫茶于杯中，顿时玻璃杯中一汪彤红，有气逸出，小口抿之，室中有香袅娜，腹中亦有香缭绕。

锅灰炒猪肝

崀山之巅风吹我，崀山之麓我吹风。与一帮文友上得崀山，湘女亭亭立湖湘，秀发飘与广西去。我无秀发，我有睫毛，睫毛被风一顿乱吹，吹哪看哪，被天风左吹，左望众山；被天风吹右，右瞰群峰；天风浩荡，吹我东西南北，团团转。云雾茫茫，四处瞭望，五色山头群鱼闹，八角寨闹境在哪？雾重湘桂两省，看不成云戏峰的热闹了。留与下一次，再起凌云志，重上八角寨吧。

美景不曾餐，且来餐美食。到崀山脚下，入得一农家，时候深秋，山头风冷，忽见屋阶那头，累砖为灶，枞木生火，狼奔豕突，向火且煨深秋去。砖者，两块半砖，两砖并列相对出；半砖横接，顶端接壤两砖。农家起灶台，随物赋形，见土垒土，见砖配砖，见石头凑石头，见个田埂戳个孔，便：垒起七星灶，铜壶煮三江，摆开八仙桌，招待十六方。

农家灶是那般亲切，亲切的更有吹火筒，我怕是有二三十年未见这般竹制鼓风机了。吹火筒，细竹一杆，长如一臂，先把竹间节疤锉孔，顶端留个节疤，在其节疤处，将圆铁丝烧得通红，往节疤中央插去，刺刺刺刺，风口成了。我操起吹火筒，作势要吹，农民伯伯见了，笑我：你不行的。待我鼓腹而歌，鼓腮而吹，筒风向灶，明明暗暗之柴火，呈燎原之势，农民伯伯尊口点赞了：是个风把式。崀山之巅风吹我，山风浩荡；崀山之麓我吹风，我风鼓荡。

我风嘟嘟吹，柴火毕剥唱。这柴是枞树枝，还有杉树叶。枞树含松节油，耐烧，杉树叶甚薄，适合做火引子，点火。这是烟火人间，错了，当是火烟人间，火生烟，烟藏火，哪里有烟飘，哪里就有火烧，哪里有火烧，哪里就有人间，见炊烟而见人间，望炊烟而思故乡。

望炊烟而思故乡，我原先只晓得，这火这烟，只是我的乡愁药引，如今已晓得，这还是佳肴食引。及我鼓腹而瘪，肚皮贴了背皮，被人吆喝着上了饭桌，酒过三巡，菜过五味，不提。要提的是，主人殷勤端上一盘炒猪肝，稍生腹诽。诸菜都是那般活色生香，有色有形，如辣椒炒小河鱼，如腊肉蒸猪血粑，都是鲜的欲滴，腊的思嚼，独有这盘猪肝，味道不错，比我吃过的任何猪肝炒什么都鲜嫩，都滑口；但内里好，面相差，黏黏糊糊，黑黑乎乎，不见清亮色；菜里散布了几片红辣椒，当是既解腻又开眼的，却是满片尘灰烟火色。

是烟火色。主人解说，叫我吓一跳。此菜作料不一般，非味精，非鸡精，非酱油，非葱蒜，作料者何？骇死人。雅来说，是烟火色；土来说，是锅底灰。我刚才当烧火小僧，枞树根，杉树叶，杜鹃枝，干稻草，操起吹火筒，将这些着火之物，往土灶里吹，吹得灶火燎原，吹得烟雾熏天。所吹而漫生之烟雾，一半缕缕成炊烟飘天去，一半黑黑变细灰粘锅底。刮得半碗锅灰，倒入大碗猪肝，加辣椒同炒，便是端上桌来的锅灰炒猪肝。

半碗锅灰与一碗猪肝同炒，这表述不太对。据说是，一大碗肥猪肝，盛碗里，再是几勺子锅底灰，纱布包裹，然后水冲水洗，几淘几漉，再与猪肝一先一后（猪肝先，锅灰后）同水深同火热，一顿猛火，三铲五铲炒，出锅。猛火甚猛，炒铲稍炒，熟与不熟间，恋恋锅灰肝，出神入化到舌尖。这菜鲜，这菜嫩，这菜滑滑腻腻，三天后，犹感觉喉咙间有人间烟火气。

任是深山更深处，才是有计制佳肴。我当过多年烧火小僧，吹火筒吹得那么专业，便知这火筒是吹的，牛皮不是吹的。我能想象的锅灰功能，能涂媒婆的脸。我老家有作弄媒婆的习俗，媒婆媒成，坐主席，筷子舞得嚯嚯响，便有俏皮鬼刮来一手锅灰，冷不防往媒婆两边脸擦、涂、捺，脸上沟壑纵横的老媒婆，成了老黑鬼。再呢，便是打牌，输了的，让赢者在脸上擦锅灰。

以锅灰来制菜类，谁有这般想象力？客堂怎么着也想不出以锅灰来炒猪肝。她们见着黑锅灰如见脏污，早揩洗干净，不留半星一点。你无法想象的美味，多半来自偏远地的父老乡亲。湖南新宁的锅灰炒猪肝，很出奇，出奇便制胜。人有多奇想，菜有多奇味。

菜是奇菜，你敢动筷？动吧，美味呢；药食同源，这一盘菜，还是一味药。没骗你，《西游记》里，孙悟空建有医学理论："锅底灰名为'百草霜'，能调百病。"孙悟空，小说中的人物，不足信；足信的，这是入过《本草》的："辛温，无毒"；《本草经疏》解《本草》曰："百草霜乃烟气结成，其味辛，气温无毒。辛主散，故能消化积滞及下食也。凡血见灰则止，此药性能止血，复能散瘀滞，故主上下诸血及崩中带下、胎前产后诸病。"

锅底灰，雅名百草霜。名越雅者，其实越俗；越俗者，倒是胜雅。锅底灰称百草霜，有故；此锅底灰者，不是婆娘进厨房，开煤气灶所熏之烟，那烟“辛温，有毒”；辛温而无毒的，须是山上之百柴、田间之百草，吹火成烟，刮烟成灰。您酿过酒吧，久封坛的糯米倒入木桶中，木桶上架铁锅，铁锅里置冷水，糯米之精华以水汽升腾，而遇冷铁锅，汽凝水，水变酒，成美酒。天有百态，多有一理：百草（百木）塞入灶台，经火成烟，烟凝灰，锅底灰变百草霜，霜成美味；水汽变美酒，火气变良霜，天理同一。

锅灰炒猪肝，是否治病，药效如何，未考，但明目是真的。我从崀山转道八十里南山，晴空万里，正合游目骋怀；月朦胧，眼蒙眬，貌似有两三年了，吃了此美食兼此良药，神州江山多美丽，可以仗此好眼力——荡胸生层云，决眦见归鸟，绿水青山，历历在目，南山美景，一一入眼，连南山脚下细而又细的小山，也是阴阳割昏晓，可以一览。

吃　草

成都是个美食城，我在那里只待一天，更因为阮囊羞涩，我素来没口福，实在没有吃上什么给我齿颊留香的美食。

没吃上美食，但是吃上了草。这没什么可惊奇的，草民吃草食，美人吃美食，天然之理。我所吃的草是鱼腥草，生的。鱼腥草的浓腥气味可以把人熏得半死，谁有胆量把它活生生地塞进脏腑？美食好像都无须入鼻，张开樱桃小嘴或者血盆大口就可以了，美食跟鼻子何干？其实不然。如果说，眼睛是美食的瞭望哨，那么鼻子就是美食的探测仪。鼻子那关过不去，美食是进不了口的。当店小二把一盘鱼腥草端上桌来，着实把我惊了一下，那叶片啊，纵横的脉络还是那么清晰，紫红的色彩依然那么鲜艳，好一个“原生态”，叫人如何下箸？不但是生的，而且是猛的，上面蘸有花椒。花椒辣椒都是椒，其情形如生人熟人都是人，对于不同味蕾系统的人而言，是两重天。我是吃辣椒的，不是吃花椒的，那麻辣味道与辛辣味道仿佛同一儒家两大学派，有时竟然水火不容。入乡随俗，且容舌尖好奇，搛一叶而试舌，味道倒是挺清爽的，也无腥来也无辣，倒是有点酸。问店小二，说是泼了酸水的。

在东北吃蒜也近乎吃草。东北人豪爽，东北菜上桌，差不多是用缸装，要是在上海，这么一盆菜够阿拉上海人吃个把星期。可是在东北，一上就是十几盆，价格还便宜。东北上菜几乎都上蒜，也是生的。成都的鱼腥草还要加花椒加酸水等作料，总之是要彩绘一下，东北的大蒜上桌就那么光着膀子直接上了。上的不是蒜瓣，而是蒜竿。东北的大蒜真正叫大，有美人的纤纤细手那般大，一根一根地堆放在盘上，剖开，一节一节像横截面切开，摆放着，倒也新鲜。大蒜通肠解毒，是一味好中药，没有经过烈火煎炒，那药性更生猛吧？生嚼起来，沙沙沙，清脆有声。小时候，我放过牛，牛吃青草，也有这种清脆声响，不曾过火的食物，被牙齿相啮，自然“不同凡响”。东北大蒜多汁液，若不小心，就有水汁溅出来，谁知道是大蒜的汁液还是食客的津液？

美食家沈宏非先生说，烹与炒是咱们中国美食的“核心技术”。其实有时美食不需要技术，风卷残云，逮住什么吃什么，哪需要什么文化打造的技术？只要胃口！听说北京近来流行生吃麦子苗，到了老农家里，先在入冬前与老农签订“买单农业”，叫老农不施化肥不打农药也不灌“农家肥”，待到麦子青青，割一把几把，舌头将麦子苗生卷而入。这是我在一本杂志上看到的，不知道确否。

我到过江浙一带的江南，也吃过草类食物，没油也没盐，从田埂边从山地里一把扯来，洗得水光光的，素面朝天上了宴会，叫什么却忘记了。而在我老家这一片，许多草们也不“涂脂”也不“抹粉”，盛装“出席”，比如香菜，往火锅里按一下，在开水里打个转，就往嘴里塞了。爱吃韭菜的汉子，叫老婆从菜圃里摘来，放在水龙头下面一根一根“淋浴”一番，即放在碟子上等待穿肠入肚。韭菜青啊，青得流翠，又多汁液，一把把地嚼，嘴角冒泡泡，比牛反刍还津津有味。更生猛的是吃生辣椒，辣椒鲜红，是朝天椒，外人看到，那舌头赶紧往喉咙里逃跑，而我家乡的汉子，见之，那舌头伸出嘴角来，从左边嘴角卷到右边嘴角，然后，沙沙沙，将生辣椒咽下了。

在成都吃的干茄子碎丁片，我也感觉是在吃草。吃鱼腥草是吃生草，吃成都的茄子是吃干草。茄子有万千种吃法，《红楼梦》中的茄子做法可以做一篇博士论文。成都的干茄子碎丁片格外好吃，店小二说是干煸制成的，就是把茄子切碎，成片片，拇指大小，放在锅里炒，无须用油，炒茶一样，把水分炒干，然后放入坛子里密封，想吃时取出来就行。我觉得好像也没放油煮，没放盐炒，吃上去却十分香甜，干脆而有嚼味，好像是冬天的稻草，晒干了，放在牛嘴边，牛一把一把地卷，吃得特带劲。生吞下去后，牛再反刍，就跟我一样，吃了成都的鱼腥草与茄子干片这么久了，现在还拿出来，放在脑中慢慢地回味。

一声春雷一碗菜

咚！我抬头望，桃树、梨树、樱桃树都“哦呵”一声，盛装出场了。屋前面，对面园子，还有山背后，田垄边，山岗上，屋场四周，花们舞起来，蜂们唱起来，春光曲开始演奏了。

当！我转身看，米粉肉，酸芥菜，腊肉炒春笋，都端上桌了，还有一碗呢，如木耳，如紫菜，如粉皮……且听娘摆菜上桌，当当当，一场农家宴，开席吧。

那一声咚，是什么声音？那是春雷。冬天，是一场哑剧，一身白，一身褐，大地发了啥声？大地是封着嘴巴的。雷公朝天一声喊，大地上的事物，齐齐的，次第的，都活起来了，动起来了，跳起来了，飞起来了。

我想要说的，不是一声雷，而是一碗菜。一碗菜跟一声雷，哪跟哪？有什么关系？这碗菜来自这声雷。

这碗菜叫什么名字？我老家叫它鼻涕菇。还有更难听的名字，叫雷公丝。雷公丝，好听啊。那是我翻译的，讲究信达雅。信未必信，达也未必达，雅却是雅的。若不雅，入乡随俗，那可莫掩鼻啊，这菜叫雷公屎。

说来，这菜有很多好听的名字，有的叫地软，有的叫地衣，有的叫地钱。我老家叫它鼻涕菇，也非无稽，《野菜博录》叫它“鼻涕肉”嘛。《本草纲目》里，倒给它起了个雅名，谓“地踏菜”。更雅的，叫“葛仙米”。传说葛洪入深山处炼仙丹，仙丹没炼出，倒饿得前胸贴后背，便至水泽处，至苔藓边，至碧阴阴的石岩下，捏，扒，抓，一晃，装满一篓子。沧浪之水清兮，濯我此菜。葛洪炼丹，吃丹，没成仙；葛洪喝了这碗汤，吃了这碗菜，羽化了。这菜，于是叫了葛仙米。

而我最喜欢的名称，是地耳。地耳，生在大地的耳朵，多接地气，多有诗意。它确乎是大地之耳。咚，咚咚，咚咚咚，天空响起春雷，它侧耳听了，从石头缝里蹦出来，从青青河边草里冒出来，来听春之声了。

我娘说，地耳菜，冬天是没有的，夏天是没有的，秋天也是没有的，甚至，春天来了，它也是没有的。只有春雷一声响，地耳菜齐刷刷地，侧起耳朵，出来了。它是天上掉的？天上下雪，下风，下雨，没见下地耳菜；它是地上生的？没见有根，没见有须，没见有枝，没见有叶，它神秘的，神奇的，挨挨挤挤，生在春之大地。

这菜，生在山塘边，生在苔藓下，生在那些阴凉之地。春天的江南，春雷阵阵，春雨绵绵，那些地耳菜啊，一坡一坡的，一坪一坪的，一垄一垄的，藏在马鞭草丛里，爬在青石脚底下。昨夜咚咚咚咚，一夜雷，次日踢踢踏踏，一大早去捡地耳菜，提篮子可捡一篮子，提脸盆可装满一脸盆。

我老家铁炉冲后面有一叠水塘，一塘上面是一塘，再上面又是一塘，最高的水塘垒起了最高的堤。如今在我看来，自是不算什么，但在我小时候看来，那可是一处天池。天池落在两山之间，山上树青青，竹丛丛，还常可见野狼；一个人上得山塘之堤，隐隐会有一种阴森感。还有哪，一个盛夏，颂夏婶在塘边割茅草，一脚踏空，扑通掉水塘里了，再也没出来。

而这里，是地耳菜最繁盛之地。一个春天，响了一夜春雷，没听我娘喊，我就爬起床来，我要在第一声雷后采一盘菜，而且，不让其他人赶在我前头。我提了篮子，戴了斗笠，披了蓑衣，穿了套鞋——采蘑菇的小姑娘，有其采摘之标配；采地耳菜的细伢子，也有其采摘标配。现在，再去采择地耳的心情，我还有，再去采择地耳的标配却没了：斗笠、蓑衣、篮子、套鞋，向隔壁的婶娘借得到，那少年还能向岁月借来吗？

我对这次采地耳记忆犹新，那是我从塘堤上，滚滚滚，如球一样的从塘顶滚到了塘底。天还是蒙蒙亮，雨把地头洗得干干净净，空山新雨后，天气早来春，鼻子都是一股鲜味。我挎了篮子，到得水塘底，地耳菜，蓬蓬，蓬蓬蓬蓬地，摊满堤，三五刻工夫，满满一篮子。

我兴奋地一路往上冲，冲到堤顶，对着春天的山野，唱一会儿歌。不唱倒罢，万籁本俱静，一唱呢，鸟鸣山更幽，僧敲月下门。歌声过后，万籁不是俱静，而是沉寂，把我自己都吓了，赶忙下堤。我想不出什么原因，堤上无石，堤上无凹，堤上也不滑，人忽然偏歪了，倒地了，条圆形青石也似，直往下滚，滚，滚，滚，我看着我自己滚。堤是斜坡的，快到塘底了，那有一处陡峭的石头，两三米高，石之下，是乱石岗。滚到这下面，不死也要脱层皮吧。

没事，没事，一点也没事。我望了望堤坝，吓我一跳，起码有十几层楼高吧。我再看篮子里的地耳菜，好像也没抖出一把。

地耳菜，是上天给我们的惠顾与眷爱。开春时节，冬日里藏起来的菜，还是很多的：腊鱼，腊肉，腌菜。春雷响起的那会呢？冬之储存日渐没了。老是吃干菜，也不是个味呀！茄子、辣子还刚下种，春蔬尚无，一声声春之雷，撒一碗碗地耳菜来，那真是天爱。

只是地耳菜，须趁早，早晨的早。雷停了，雨住了，太阳出来了，地耳菜呢？没了，不晓得哪去了。你知道昙花一现，你可知道地耳半天？“地耳亦石耳之属，生于地者也。状如木耳。春夏生雨中，雨后即早采之，见日即不堪。”明代王磐编纂的《野菜谱》，收录了一首《地踏菜》，歌曰：“地踏菜，生雨中，晴日一照郊原空。庄前阿婆呼阿翁，相携儿女去匆匆。须臾采得青满笼，还家饱食忘岁凶。”

有阵子，我见地耳菜，胃口不得劲。这菜，来历太不明了。我老家给其起的名字，太难听了，鼻涕菇，雷公屎，这么一叫，是不是没胃口了？后来读了些古书，才知道这菜还是佳肴呢。美食家袁枚著《随园食单》云：“将米（地耳）细拣淘净，煮半烂，用鸡汤、火腿汤煨”，吸溜溜的，入口即化，味道绝美。晚清薛宝辰《素食说略》更会享受：“取细如小米粒者（地耳），以水发开，沥去水，以高汤煨之，甚清腴。余每以小豆腐丁加入，以柔配柔，以黑间白，既可口，亦美观也。”

单是好吃？还有药用呢。《本草纲目》称，这菜“明目益气，有清热解毒之功效”。《药性考》云地耳：“久食色美，益精悦神，至老不毁。”春来了，赶紧去采地耳菜啊！

春天的粑蕾

春夜喜雨。我却是春日喜雨，春夜不喜雨。

春夜落什么雨啊，就不能轮到春日来落？春夜雨绵绵，春日艳阳阳，我踢一脚砾石路，踢出一块石子，捡起，捏紧，咬牙，切齿，向天空掷去：“春夜不落雨，春日落什么鬼雨？”您不晓得啊，春夜雨落尽，白日艳阳天，那是要去砍柴，要去锄麦，要去出猪栏，要去挑牛粪的呢。若是夜不落雨，日雨蒙蒙，便可坐起耍子。

勤女恼春夜雨，懒汉喜雨春日。春日雨绵绵，我娘放下锄头，拿起针头，脚踏在纳鞋架子上，麻线响起交响乐。忽地，不闻机杼声，我娘在喊我：“去，去量升糯米，磨粉，蒸水印粑吃。”这春日雨啊，你是那样的惹人喜爱——若是春阳艳艳，春日茫茫，我娘哪会兴起美食美意？怕是恶声恶气，语言的鞭子比竹扫把要狠七八分，抽我在田间地头团团转。

我家有副石磨，不知年代，是我爷爷遗产，还是我太爷之太爷之祖物？平时静静地躺在碓屋一角，轮到雨日，便多要起用了，磨豆浆啊，磨麦子啊，磨糯米啊。磨都是驴推的嘛，我就是那头驴。推糯米做水印粑，兴奋啊，我推得欢快得很。呼呼，呼呼呼，我劳动的样子，给个漂亮的比喻是龙卷风；不漂亮的比喻呢？我娘说是扯猛风（乡村称羊癫疯的）。

去去去。去扯水印草。石磨，是要细磨的，是要慢磨的，慢工出细活，细磨出碎粉，我那扯猛风也似的磨糯米，糯米便沙子也似的粗，如何蒸出细腻的水印粑来？换工种。我娘便叫我与我姐换岗位，我姐磨粉。我磨出沙子一样的粉，我姐能磨出麦粉一样的粉——我干不了细活，只堪干粗活，便提着竹篮子去采撷水印草。

水印生南国，春来发泽地，劝君多采撷，此物最相宜——最与糯米粑相宜。水印草啊，多诗意的名字！换成古代称呼，便诗意，换成现代称呼，可煞风景，其学名叫鼠曲草（故地语言独具，老鼠之鼠，跟春水之水，读音是一样的）。水印草，名称多多，每个名字都是那么好听，惹人思著诗：菠菠草，佛耳草，软雀草，清明菜，水萩，无心草……

春来了，雨来了，巴山楚水，冷冰冰的春地，水灵灵起来了。水印草也是，园边，田边，塘边，河边，水泽边，一蔸，两蔸，三四五六蔸，或独立，或抱团，或单长，或丛生，凭地起来，凭春出来，凭雨呼啦啦地，钻出来了。

《品汇精要》云：“佛耳草（水印草），春生苗，高尺余，茎叶颇类旋覆，而遍有白毛，拆之有绵如艾，且柔韧，茎端分歧者小黄花，十数作朵，瓣极茸细。”多漂亮的一种草啊！“原野间甚多，二月生苗，茎叶柔软，叶长寸许，白茸如鼠耳之毛，开小黄花成穗，结细子”，水印草妙处是，细细的茸毛，毛软软的，白嫩嫩的，拉拉她扯扯她，水印草有橡皮质地，很有弹性，韧韧如绵；从中截断，见细细的汁，汩汩地渗。想想啊，这般汁液与糯米交融、合一、黏合、成粑，多得宜。李时珍发现了其中真意与美意：“时珍曰：曲，言其花黄如曲色，又可和米粉食也。”《荆楚岁时记》说得更诱人：“三月三日，取鼠曲汁蜜和为粉，谓之龙舌，以压时气。”各位，看到没？“取鼠曲汁蜜”，鼠曲汁者，蜜也——如蜜一样甜。扯，扯，扯，扯多了水印草，那手也是蜜汁流淌，小手含嘴中，丝丝甜甜。

前两年，中央电视台中文国际频道栏目组来我老家坪上镇清水村采访长寿老人，但见好多百岁老人手里卷持一块几块水印粑，时不时吧嗒吧嗒。这也是长寿之基因？我老家春节期间爱做糍粑，每日换水与浸，可以吃到农历五月初五。我是不能多吃糍粑的，水印粑却可以——日啖水印粑三百颗，不辞常做湖南人。

水印草有药用，《日华子本草》云："调中益气，止泄，除痰，压时气，去热嗽。"《本草正》云："大温肺气，止寒嗽，散痰气，解风寒寒热，亦止泄泻。"

"朝饮木兰之坠露兮，夕餐秋菊之落英。"屈原是蝉吗，饮木兰之坠露，喝露水也能活的？夕餐秋菊之落英，花，倒是可以入馔的，多漂亮的花蕊，却被你给吃了，也煞风景，吃花与焚琴，嚼蕊与煮鹤，煞不煞风景？自个不曾食花馔，自然气恨他人吃花嚼蕊，直到做了水印粑——水印草，连同那碎碎的黄花，不切，不揉，不折，不剖，连根带茎，连枝带叶，入了糯米粑，屈原是蝉，我是馋，馋此花馔不再惜花。

春阳艳艳，春耕茫茫，男人挥锄头，女人挥镰刀，那是劳动时间，春日雨绵绵呢？我最喜欢春雨啦，家人歇在一处，制美食，馔佳肴。美食佳肴之一，便是水印粑，淅淅沥沥之春雨，正是制作水印粑的时间呢。水印粑，热乎乎吃，好吃；冷了，兜在袋里，去山头打柴，去田间插禾，去园里种麦，饿时，从袋里掏出来，坐土坑，坐石头，大啖几块，美死个人！

糯米粑韧，水印草韧，牙齿与舌头，与水印粑吊扯，扯得好长，像吃牛皮糖一样，而与牛皮糖不同的，是水印粑里时不时可以扯出那碎碎的黄花来，那是花馔呀，其粑长出花蕾，多烂漫！大啖水印粑，那是美食在乡亲们的舌头上跳春天的芭蕾。

我的农耕母亲

我怎么也想不明白，我们坐在自家的屋子吃菜豆子，远在对门园子里的菜豆怎么看得见？母亲说，怎么看不见，风就来了。我看见风从对门过来，进了我家的方格子木窗，风是庄稼们的眼光，还是她们的听觉？我不作声了，我们规规矩矩地等父亲回来。时候过了晌午，屋背后有山，山背后有田，父亲赶着孱弱的水牛在哦起哦起地犁田，不犁完那块二三亩的蛇湾丘，父亲是不会回来的。我们的肚子早饿了，平时母亲会让我们先吃，今天不。今天既不是观音菩萨的生日，也不是我爷爷的忌日，今天，只是吃今年的第一道蔬菜，过了一冬天，或者说又过了整整一年，菜豆子带着水灵灵的春意与清亮亮的阳气，奔赴母亲做就的盛宴。母亲说，要等父亲先尝，菜豆子才肯结的。我说，谁先尝谁后尝，蔬菜们怎么知道？母亲说："怎么不晓得？天地万物都是有灵性的，她们什么都晓得。"

菜豆子是报春最早的蔬菜吧。那开着红花黄花，五颜六色的，就是菜豆子。她们长得那么快，长得那么美。她们下地之初，母亲就烧了草皮山灰，与大粪一起搅拌，用手抓着，一兜一兜地撒播。母亲曾经叫我抓，我找了一双手套，母亲一巴掌拍过来："你怎能这样对待庄稼？"

我见过母亲抢肥。牛吃草吃饱后，后面会跟着好几个叔伯婶嫂，他们有的拿箢篼，有的拿灰斗，有的拿撮箕，虎视眈眈，等牛拉屎。牛尾巴一翘，一哄而上，谁抢得归谁。那次我母亲没拿工具，一头牛要拉了，她一个箭步，拉起上衣，全兜了，母亲以胜利者的姿态哈哈大笑，一路兜着，直奔自家的菜园子里。那园子里的菜豆子因此长得格外茂盛。

菜豆子之后，便是土豆，便是番茄，便是青辣椒，便是丝瓜、线瓜、苦瓜、南瓜，这些蔬菜们，像赶赴一场盛宴，呼朋唤友，一拨儿一拨儿来了。母亲说，要是菜豆子说那个铁道冲的刘家去不得，这些蔬菜们都不来了，你们到哪吃去？母亲平时说话很爱笑，但说到蔬菜，说到庄稼，她从来不笑。

母亲不太信神灵，隔壁的三奶奶信。三奶奶时时刻刻

哪里有烟飘，哪里就有火烧，哪里有火烧，哪里就有人间，见炊烟而见人间，望炊烟而思故乡。

手上都拿着一副卦，砌房子、出远门这些大事，要打卦；就是扛只锄头去锄麦子，也要打一卦，问神仙宜不宜动土。母亲从不打卦，母亲信另外一种神灵。母亲下红薯种，挑选阳光炽热的晌午。晌午时分，人都回去吃饭了，鸟们也回去午休了，母亲便领着一帮孩子上园子，闷着挖土，不说话。总是有那么几个迟归的婶娘，这时节还在野外，一看见母亲总要喊："刘婶子，还不回去啊？"平时很热情的母亲，此刻却装聋作哑，不应人。母亲说，不能应人的，一应，鸟就晓得了，鸟就来啄种了；一应，老鼠就听到了，老鼠就来偷吃了。鸟是走世界走江湖的，它见多识广，它有本事到哪里都能活下来，话语能力肯定超人；老鼠是土著，祖祖辈辈生活在我们这里，懂得我们的方言。有鸟"嗖"的一声带着哨音飞过，母亲就举头打了一个手势。直到现在，我也不明白，母亲的这个手势与鸟做了一次什么交流。

母亲从不骂人。我家的菜园子经常失窃，母亲也不骂。母亲说，菜园子里是不能骂人的，那些恶话毒誓从口里骂出来，落到土里，会变成虫子咬菜。母亲的菜十分光鲜，毫无瑕疵，即或是天生"麻疹"的苦瓜，也比别人家的光滑。

老家有个说法，人太恶，养个崽都是"实屁眼"。像所有的教徒一样，母亲虔诚地修炼自己的内心。每一年新鲜蔬菜上桌，母亲都要请父亲先尝。鸡爪，母亲夹给父亲吃，是要父亲扒财喜；新鲜蔬菜叫父亲先尝，是要我们孝敬长辈。竹子有上节下节，人有尊长晚幼。忠信孝悌，与人为善，那些蔬菜们大概也是考察了我母亲的品性吧。开春的菜豆子也许这么喊："铁道冲的刘婶子家是个好人家，我们都去她家吧。"菜豆子一声喊，蔬菜们便纷纷响应，结伴来了。我们家的南瓜都有一抱大，个个像弥勒佛；我们家的冬瓜站起来有人高，一排排靠在屋墙上，像十八罗汉；那豆角，一线一线地吊串串，像春天密密麻麻的雨脚。年年都是这样，我家蔬菜大丰收。

我家的碓屋有个神龛，祖宗都在神龛上，平时只有我爷爷值班，到我们供飨的时候，他们都回来。爷爷旁边有一只青瓷坛子，里头装的都是种子：辣椒种子，玉米种子以及南瓜、线瓜、高粱种子。它们被母亲分门别类，用红布包裹，一层一层地放在坛子里。神龛的后面是我家的柴火灶，在寒冷的腊月，我家在这里酿酒，蒸饭，炒菜，煮猪潲，天天有薪火燃烧。种子们在这里既享受春天般的温暖，又歆享母亲虔诚的供奉。

要说信神灵，这大概就是母亲所信的神灵吧，也是我们农耕民族子民所信的神灵吧。

金樱酒

对父亲行孝，想起来，好像没有。

想起来了，好像也有。我当烧火小僧，便是专事行孝父亲的。父亲不抽烟，好酒，父亲的酒都是自产自销、自斟自酌的自然经济。一去二三里的三溪桥，有几家酒店，拿着空瓶子可以去打酒，我没去那干过打酒事。再后来，院子里也有人开经销店了，板凳上摆些糖粒子，窗台上竖排虎骨酒、国公酒啥的，再有，便在炕桌里放个坛子，烂棉絮封着，卖零酒，这就是经销店。

父亲有回憋得有点慌了，舀了一勺井水，往酒瓶里灌，使劲摇，使劲荡，再往杯里倒，闭着眼睛，抿了小口，先前沉醉的脸色，开始急起来，改抿为灌。父亲意思是，抓一小把沙子，淘不出金来，挖一船沙来，还不会有几个金子？父亲咕咚咕咚，一瓶都灌了，看那脸色，貌似舌头不曾沾染半个酒分子；父亲有点急，操起家里刷碗的竹刷，蹲在酒坛子边，刷，刷，刷，用力刷着酒坛。

有其父必有其子，类似事情我也干过。过年过节，我从母亲招待舅舅的碟子里抓了一把瓜子，兜在袋里，有几粒瓜子压在口袋缝里。母亲走针细密，口袋本无缝，奈何口袋底被我的手插烂了，有了几个缝。过节瓜子富足，我按几粒瓜子进缝，待过三五天，可以再从缝里挖出来，细嚼慢咽，感受半天。

父亲蹲着身子刷酒坛，我在旁边冷笑："别刷了，刷几次了。"父亲抬眼瞪我，又埋头苦刷，刷，刷，刷，再倒了一勺井水，摇，晃，荡，咕咚喝。

啪！父亲把酒瓶顿一边。父亲的酒瓶是一把锡壶，禁得起顿，顿起来响声清脆。父亲转身对我吼："给我打酒去。"父亲扔过来两角钱，我把钱给丢回去："谁要喝谁去。"父亲口气软了："崽，请你去，行不?"父亲对我就没客气过，这回竟然用了"请"字。"请我也不去，要去你去。"父亲脚力足，三五十里地，一溜烟打来回。

父亲不去打酒，我晓得他心思，钱从他手上放出去，他伸不出手。借我的手，送与经销店，他好落个眼不见为净。多年来，我不逛街，不去超市，不去菜市场，要去也是叫我堂客去，证明钱不是我送出去的，我心里安些。我堂客常骂我："你这是哪来的毛病?"我不好作声。

父亲憋不住，自个去了经销店，喊得福太公，打二两酒。得福太公踮起脚打酒，他的脚早些年瘸了，不能干农活，便开了这个经销店。得福太公脚踮啊踮，打了二两，递给我父亲。父亲使劲嗅，嗅，嗅，捂着鼻子，包着唇，摇手。父亲给得福太公打的手语是，不要了。得福太公把酒哐当一声，倒回坛子，响声大得心惊肉跳。父亲掩鼻，包唇，回来舀了一勺井水，含唇半晌，井水兑酒气，父亲终于喝到酒了。

这情景出现过几次，也不是很多。母亲每年要给父亲酿几次酒。父亲也是蛮奢侈的，晚稻怎么着也要种一块糯米田，种糯米产量低，不符合父亲习性，父亲种稻子，要的是产量，不是质量，要的是能吃饱，不是吃好。父亲种糯米，一者，过年要打糯米糍粑；二者，要酣（我老家都是方言土语，没几个好词语，酣即酿，是难得的几个好词）酒。

糯米酒不多，多的是红薯酒。父亲对酒算是贪享受的，对门菜园子里，种萝卜白菜、辣子茄子，也匀出一块地来种高粱，他要酣高粱酒。高粱形状混淆甘蔗与甜蔗，我嚼过，丢到水沟好远。父亲便不太种高粱，给我种甜蔗。顺便说一下，湖南地质，好像不活甘蔗活甜蔗，甘蔗皮是带紫的，甜蔗皮是青的。

父亲酣酒最多的是红薯酒。红薯多，山上一山，坪上一坪，秋收红薯，红薯掉在牛脚凹里，都没人捡。父亲一担一担地，把红薯担回，洗净，蒸熟，捣碎，掺和秕谷，倒入黄桶。黄桶一人高，两三抱大，滚筒也似圆，上面厚厚实实盖了层稻草，一把木盖子盖了，盖子有缝隙，也用稀泥巴糊了，一点气也不透。十天半月，两旬月半，一股子酒气自黄桶中逸出，母亲便给父亲酣酒了。

想起来，我对父亲行孝，唯有一事，便是当烧火小和尚，给父亲酣酒，远点说，还当了打柴樵夫。母亲给父亲酣酒，叫我烧火，往灶里送柴。我嘴巴气息不足，便操起吹火筒，鼓起腮帮子死吹，吹得火熊熊旺起。火旺起，灰烬四处飞，落头上，落脸上，鼻涕流将出来，袖子横脸揩，一脸皆灰，若要演戏，不用再化妆，早是小丑角色。红薯酒糟倒入蒸笼里，蒸汽腾腾，蒸笼之上架了大铁锅，担一担井水，倒入铁锅，铁锅本是冷的，热起来后便掺冷井水。酒气遇冷，冷凝成酒。父亲在蒸笼与铁锅接榫处，安了斜筒，斜筒接罐子坛子，酒便热乎乎、细汩汩、绵绵不断地流进酒罐子酒坛子中。

给父亲酣酒，我还算尽心的。红薯酣酒，还是秋凉时分；糯米酣酒，已经东风凛冽，不用谁喊我去烧火，也自然身子向火嘛。我讨厌红薯，却不讨厌煨红薯，母亲与父亲酣酒，我烧火，往灶里塞几个不曾洗的红薯，火灰捂起来，烤得喷喷香，吃上去味道更佳。我喜欢烤红薯，不喝父亲的红薯酒。给父亲酣酒，不喝父亲的酒，想想，我也算孝。

父亲的酒，没什么好喝的。我曾到过一个酒厂，配酒师教我们配酒，什么酒与什么酒，以什么份额配，那酒便什么味。父亲也是配酒师吧，蛮蹩脚的配酒师。父亲配酒，一锅头二锅头三四锅头，都一起倒入坛子里头。酣红薯酒，铁锅先倒第一轮井水，酒气浓郁；铁锅倒第二轮井水，酒气便淡了起来。

我伯父也酣酒，也叫我去当烧火小和尚。伯父酣到第二轮时，便拆蒸笼，不酣了。父亲不是。父亲还是要酣。一酣浓，二酣清，一酣酒、二酣酒配起来，酒味清香，还算醇正。二酣结束，母亲要卸蒸笼，父亲便骂母亲，红薯还有酒气呢，都挤出来。母亲便三酣，或至四酣，红薯还有什么酒气？都是水气了。因此父亲酣的酒，寡淡无味。

我从不喝酒，滴酒不沾；我家兄弟姐妹，坐起来满满一桌子，也没一个喝酒的。或许是父亲酣的红薯酒不带酒味，带的是水味。喝什么酒啊，喝水，更醇正呢。

父亲每天都离不开酒。父亲有把锡壶，长条，细颈，持在手中，手感蛮好。每日清早，父亲都持着锡壶，里头灌半壶酒，春夏不用温，秋冬要把锡壶往温坛里温半晌。我家有温坛，我老家谁都有温坛，温坛是一个铁罐子，埋在灶边，灶里每天都生火，晚上把炭火封了，火还在，温坛埋在灶边，倒入水，冬日晨起，舀温坛里的水洗脸。父亲起得早，把锡壶置温坛中，一时半刻，冷酒便脱了寒气，温了。

父亲持着锡壶，另从坛子里捏一块萝卜皮，大清早的，往菜园子里看一回菜，往水稻田里看一下稻，要不，村东头，村西头，闲逛。母亲便骂："你看你哥，挑牛栏粪窖洋芋了，你逛你娘只脚。"我伯父最勤劳，整天不是上山打柴，就是上园锄麦，我父亲却持着一壶酒，耍公子一样，闲逛。母亲骂父亲："铁炉冲的蚂蚁，都是你踩死的。"

父亲一生唯酒，我到现在想不起来，父亲吃过饭没？好像没吃过。早餐一壶酒，中午酒一杯，晚上我们吃红薯，父亲温一壶酒。母亲给父亲端饭："明天去小南山挑红薯种，吃碗饭。"父亲瞪一眼母亲："没见我喝了酒？"

印象蛮深的是，父亲从高山坳里掮树，煤矿里挑煤，回到家来，坛子里挖一调羹糟酒，再打一壶井水，筷子搅得嚯嚯响，喝他几碗。糟酒，是能见米样的，不比水酒，单见水，不见米。父亲吃过饭么？大概吃过糟酒里的米糟吧。

父亲喝水酒，光喝，不用配菜。即便有菜，也多是捏一块坛子里剁辣椒腌的萝卜皮，父亲的样子就挺享受的。我见过父亲最享受的喝酒场面是，母亲给父亲炒了一碟猪耳朵，猪耳朵切成长条，长若手指，细若稻草，中间一条白色筋，想起来都有嚼劲。雪夜，天生寒，灶生火，我们烤糍粑，父亲一个人一只碟，碟上摆三五根猪耳朵，抿一口酒，捏一根猪耳朵，红薯酒含在喉咙，咕噜咕噜来回响；猪耳朵锯齿颊，嘣脆嘣脆响来回。半壶小酒，一晚上，一碟猪耳，半个月。现在我可以把两只猪耳朵，狼吞虎咽、大快朵颐一顿消灭，父亲有本事，把这份幸福时光延长到十天半月。一年也就这一个十天半月吧。

父亲爱死了酒。我翻遍记忆，连衣服袋子的缝隙都翻检一遍，给父亲行孝的，就是母亲给父亲酣酒，我给母亲打下手，当烧火小和尚。我没给父亲打过酒，没给他买过酒。工作后，给父亲买过一件军大衣，好像还买过一根拐杖，那是父亲中风了，就是没给父亲买过一瓶酒。可能是我跟父亲一样，不能见钱从我手上送出去。

我手头有工资，但没给父亲买过一瓶酒。第一次领了一份稿费，《湖南日报》给的，十二元，我激动好几天，这钱怎么花才有重大意义？我想了三五天，先是想给父亲买瓶酒，却发现内心蛮讨厌父亲喝酒。罢罢罢，最后我买了一盒鹿茸精，当时蛮流行的，鬼才晓得真假。买了，骑上自行车，嗖地往岳母家去了——婆娘已经讨到手了呢，现在都想不起来，为什么我还要去讨好岳父岳母？

再往后几年，我从教师转行，到了机关。我不喝酒，居然一年到头，也有三两个给我送酒来。我又不喝酒，这酒谁喝？岳父也是喝酒的，瓶子酒给岳父吧，父亲只喝散装酒。

我没想过，要把高档的酒送一瓶给父亲尝尝。不晓得我姐什么意思，有一回给我背来半麻袋金樱子，绯红的金樱子，一个念头闪过，我要用金樱子浸酒，浸药酒。金樱子，开白花，金樱子，结红果。金樱子，四五月开花，开起花来，蛮好看，纯白，粉白，很灿烂。老家地头长得多，山上更多。金樱子看着好看，却不好摘，身上都是刺，刺很尖很硬，打金樱子身边走过，刺就会挂衣裤，挂手脚。衣服被挂着，要划破几条缝；手脚被挂着，要刮破几道血痕。入冬，金樱子结了椭圆形果，果上也都是刺。若说金樱子叶间刺如图钉，那金樱子果上刺便如穿衣针，扎手，疼死人。

金樱子浑身是针刺，不怕死，赴身灌木丛，摘下金樱子来，入冬老了的，果实鲜红，脚踩，踩去其刺，咬开，去掉里头毛刺，碎嚼，汁水不多，倒是蛮甜的。金樱子不是一味好果，却是一味好药，《本草经疏》说："此药气温味酸涩，入三经而收敛虚脱之气，故能主诸证也。"用金樱子浸酒，是好药酒。

我姐给我摘来半麻袋，我赶紧去市场买了几个大玻璃瓶，揭开酒瓶，哗啦啦把酒都倒入玻璃瓶里面，再把金樱子骨碌碌倾入其中，拧紧盖子。我不喝酒，酿起了药酒。

浸金樱酒，要给谁喝？我是想给父亲喝的。父亲行年六十，他爱死了酒，但也就喝过水酒、红薯酒、糯米酒，还有高粱酒，不曾喝过药酒。有回好像喝过瓶装酒。人家送我的，我要父亲带回去，父亲不肯，叫我给领导送去。我没作声，父亲又道："算了，你不是那个货，给你岳老子送去，不用再花钱了。"我对父亲从来不解释，只发脾气："叫你喝，你就喝，啰唆什么？"父亲也发气："叫你送去，你就送去，你啰唆什么？"推推搡搡间，啪，酒落地了。父亲操起棍子来打我，发现我虽不人高马大，也是虎背熊腰，便丢了棍子，返回屋里，拿了勺子，从地缝里舀酒，舀上来半调羹，还是没喝。父亲气呼呼的，哪有心思喝？母亲后来说，父亲喝了，半夜里喝的；还听母亲说，父亲依旧嚷嚷，说若见了我，还是要打我一顿。这么贵的酒，谁摔了打谁！

那瓶酒掉地后，我更想不起给父亲买过什么酒了。我姐带了金樱子，想起工作这么多年，没给父亲送过酒，有点愧。这回我孝心一动，给父亲浸个药酒吧。酒不算高档，但比红薯酒要好，比糯米酒要贵。

我不喝酒，想不起有这酒。一晃两三年过去，某日，翻箱倒柜，寻什么东西，猛然间发现，玻璃瓶里还浸了金樱酒。最先酒是白色的，纯白纯白，现已赫然变色，红彤彤的，药气都浸出来了吧？我跟堂客讲，两瓶药酒，一瓶给你爸，一瓶给我爹，拜年就带这个酒。

这酒，给岳父拜年用上了，老爹却没用上。一个夏日清早，父亲端着锡壶，村东村西转了一圈，转回家漱口，却一头栽到门槛上，脑出血了。还好还好，送医院送得及时，从阎王府上打了个转，父亲回家了。回来了，酒呢，父亲一生爱死了酒的，是喝不上了。静静竖立在柜子里的金樱酒，见一次，想一次，想送给父亲喝，父亲却不能喝了。

前几天去旧屋，推开柜子，猛然见到玻璃瓶里的金樱酒，颜色更深了，深红带紫色。端出来一看，看到我贴在瓶子上的字条：2002，重阳节。这是 2002 年重阳节封坛泡的？我脑子记不起来，漫漶的字迹记着呢。这酒，浸了十几年，算是陈年老酒了吧？父亲脑出血后，起死回生，又活了七八年。医生治得了脑出血，治不了老时光，父亲到底走了。又七八年过去，金樱酒还在，父亲却早已不在。

父亲坟头之左，之右，之前，之后，遍生着金樱子。这个年，本想带回这瓶金樱酒，往父亲坟前洒半杯，想想还是不带了。父亲若是晓得我把酒往地上洒，不举棍打我，也会骂死我。

春夏，父亲坟前开满金樱子花；秋冬，父亲坟前结满金樱子果。金樱子落地，无谁捡，入土深处；岁月的雨水，淋漓浇在山头，也渗进黄土。雨水与金樱子，遇合山头故土，也会浸一坛金樱子药酒的吧，父亲可以慢慢喝。

图书在版编目(CIP)数据

将进食 / 刘诚龙著. -- 合肥 ：黄山书社，2021.1
(原乡人书系)
ISBN 978 - 7 - 5461 - 9624 - 4

Ⅰ. ①将… Ⅱ. ①刘… Ⅲ. ①散文集一中国一当代
Ⅳ. ①I267

中国版本图书馆 CIP 数据核字(2021)第 012826 号

将 进 食
QIANG JIN SHI
刘诚龙 著

出 品 人 贾兴权
责任编辑 刘莉萍
插　　图 鄞 珊
装帧设计 有品堂_刘 俊 张俊香
出版发行 黄山书社(http://www.hspress.cn)
地址邮编 安徽省合肥市蜀山区翡翠路 1118 号出版传媒广场 7 层 230071
印　　刷 安徽新华印刷股份有限公司
版　　次 2022 年 4 月第 1 版
印　　次 2022 年 4 月第 1 次印刷
开　　本 880 mm×1230 mm 1/32
字　　数 115 千字
印　　张 6.5
书　　号 ISBN 978 - 7 - 5461 - 9624 - 4
定　　价 42.00 元

服务热线 0551—63533706
销售热线 0551—63533761
官方直营书店(https://hsss.tmall.com)